벽에 부닥치고 말았습니다

벽에
부닥치고
말았습니다

지금껏 버텨온
프리랜서들을 위한
생존의 기술

다케쿠마 겐타로 지음
박현석 옮김

들어가며

**프리랜서는
자유라는 이름의
업보다**

프리랜서에는 두 종류가 있다

◯

프리랜서는 동경한다고 해서 될 수 있는 것이 아닙니다. 되고 싶다고 해서 계획적으로 될 수 있는 것도 아니고요. 자유업자는 '될 만하기에, 되어버리는' 것입니다. '어쩔 수 없이, 그렇게 될 수밖에 없는' 거죠. 저는 그렇게 생각하며 살아왔습니다.

물론 그렇지 않은 프리랜서도 있습니다. 처음부터 유명한 상을 수상해서 데뷔했다거나, 직장에 다니며 취미로 실적을 쌓아 자신감과 인맥을 형성한 뒤 계획적으로 된 사람도 있겠죠.

그러나 이 책에서는 시작부터 실적을 가지고 있었다거나 계획을 세워 된 경우가 아니라 '그냥 되어버린' 프리랜서의 경우에 대해서 이야기할 생각입니다. 왜냐하면 제가 바로 '흐름에 몸을 맡겨 되어버린' 유형이어서 계획적인 프리랜서에 대해서는 쓰고 싶어도 쓸 수 없기 때문입니다.

직업에는 '동경해서 될 수 있는 직업'과 '흐름에 몸을 맡겨 되어버리는 직업'이 있다고 생각합니다. 여러분은 이 책에서도 다룰 '프리라이터' 같은 일을 동경해서 되는 직업의 전형이라고 생각하고 계실지도 모릅니다. 소설가나 만화가처럼 상당한 재능과 특수한 기능이 필요한 프리랜서의 경우, 동경심이 원동력이 될 때도 물론 많습니다. 예능인이나 스포츠 선수도 그렇죠. 하지만 같은 '작가'라 할지라도 프리라이터 가운데는 저처럼 어쩌다, 문득 깨닫고 보니 그렇게 되어버린 사람들도 상당수 있답니다.

저는 '어쩌다 되어버리는 프리랜서는 마음 편한 직업'이라고 말하고 싶은 것이 아닙니다. 오히려 반대로 이런 사람은 나이 들며 '벽'에 부딪힐 확률이 높다고 이야기하고 싶은 거죠. 30세, 40세, 50세의 고비를 넘을 때마다 벽이 엄습해옵니다. 10년이 지날 때마다 벽은 크고 두꺼워집니다. 그래도 인간은 살아가지 않을 수 없습니다.

저는 지금 50세의 벽과 격투를 벌이고 있습니다. 그 벽을 뛰어넘기 위해서 이 책을 쓰고 있는 것이나 다를 바 없습니다. 여러분은 저와 같은 프리랜서일 수도, 이직을 생각하는 샐러리맨일 수도, 일반 자영업자나 학생일 수도 있겠지요. 여러분들에게도 각자의 '벽'은 존재할 겁니다.

그러나 프리랜서에게는 프리랜서만이 직면하게 되는 벽이 있습니다. 사람들에게 취미의 연장으로 일을 하고 있다는 평을 듣고, 마음 편한 직업이라 여겨지고, "매일 만원 지하철에 시달리지 않아도 되니 부럽네요"라는 말을 듣곤 합니다만, 분명 부딪힐 수밖에 없는 벽이 있는 거죠. 그래서 저는 프리랜서 일을 계속하기 위해서는 어떤 벽이 있는지, 모두들 어떤 식으로 그 벽과 격투를 벌이고 있는지, 어떤 사람은 어떻게 극복해서 마흔 고개를 넘는 데 성공했는지, 이런 것들에 대해 이야기해보고 싶었답니다. 그래서 이 책을 쓰게 되었습니다. ●

프리랜서란 무엇일까

　　　　　　　　'프리랜서'라는 말에는 다른 직업 장르에는 없는 독특한 울림이 있습니다. 누가 뭐래도 '자유'로운 직업입니다. 이렇게 멋진 일이 또 어디에 있겠습니까?

　사전에서 '자유업(프리랜서)'을 찾아보았습니다.

자유업(自由業) : 시간이나 고용계약에 얽매이지 않는 직업. 저술업 · 변호사 등.

　참으로 간단하게 정의되어 있네요. 시간이나 고용계약에 얽매이지 않는 직업! 샐러리맨과 정반대에 위치한다고 해야 할까요. 구로사와 아키라 감독의 영화 〈요진보(用心棒)〉˚를 보면 미후네 도시로가 연기하는 낭인이 길가의 막대기를 던져 갈 방향을 결정하는 유명한 장면이 나오는데, 마치 그런 느낌으로

˚떠돌이 무사가 세력다툼을 벌이는 두 집단 사이를 오가며 악당들을 해치우는 내용의 일본 흑백영화로, 구로사와 아키라 감독의 1961년 작품.

어떤 것에도 구애받지 않고 내키는 대로 살아가며 일용할 양식을 얻는 것 같은 보기 좋은 이미지도 분명 있습니다.

사전의 정의 후반부에는 프리랜서의 구체적인 직종이 나와 있습니다. '저술업·변호사 등'이라고요. 저술업이란 바로 이 책을 쓰고 있는 제가 하는 일 같은 거죠. 책이나 잡지에 실을 글을 집필하거나 또는 소설가나 만화가처럼 좋아하는 것을 작품으로 표현하여 입에 풀칠하는 업을 가리킵니다.

통상 '자유업'이라고 하면 저술업을 지칭하는 경우가 많지 않나 싶습니다. 변호사나 법무사 등도 자유업에 포함되어 있긴 하지만 이들과 저술업 사이에는 상당히 커다란 차이가 느껴지지 않나요? 저술업은 한 마리 늑대와 같은 자영업이 주류를 이루고 있지만, 변호사나 법무사는 사무소에 소속되어 있는 경우도 많고 그런 경우에는 직장인의 근무 형태와 가깝죠. 애초부터 아주 어려운 시험을 돌파해 국가자격을 취득하지 못하면 될 수도 없습니다.

반면 라이터·작가에게는 어떤 자격요건도 필요 없죠. 굳이 말하자면, 학력조차 필요하지 않습니다. 요컨대 쓴 글이나 작품이 '팔리기만 하면' 되는 거니까요. 저도 프리라이터 경력 35년입니다만, 최종 학력은 고졸이고 자격증이라고는 운전면허증조차 없습니다. 도쿄 시내에서 프리라이터로 살아가는 데는 차를 소유하기보다 역 근처에 살며 전차로 이동하는 편이 압도적으로 편리하기 때문이죠. 시내에서는 주차 요금도 무시할 수 없습니다. 단, 프리랜서 이외의 아르바이트를 한다거나, 여성에게 으스대고 싶은 남성이라면 차가 있는 편이 좋을지도 모르겠네요.

이 책에서 다룰 '프리랜서'는 저술작가업을 중심으로 한 '표현업자'입니다. 같은 프리랜서라 해도 변호사나 법무사 · 공인회계사 · 세무사 등의 일에 대해서는, 저로서는 쓸 수가 없습니다. 후자를 희망하는 사람들은 거기에 맞는 입문서를 찾아보시는 게 좋겠습니다. ◆

이 책은 누구를 위한 것인가

　　　　저는 이 책을 마흔 살을 맞이해버린, 혹은 곧 맞으려 하고 있는 '표현업에 종사하는 프리랜서'들을 위해서 썼습니다. 문필업이 아니라 표현업이라고 말한 것은 문장 외에도 회화, 만화, 음악, 영화 등 표현 영역 전반을 포함하고 싶었기 때문입니다. 이른바 '작가·예술가'입니다.

　표현의 세계에서 살고 있는 사람들은 크게 회사원과 프리랜서로 나눌 수 있습니다. 출판계를 예로 들자면 출판사의 사원 편집자와 작가, 프리라이터로 구분할 수 있겠죠. '작품'을 낳는 것은 어디까지나 작가입니다. 편집자를 비롯한 출판사 직원들은 간단히 말하자면 작품을 '상품'으로 바꾸어 돈으로 만드는 일을 하죠. 작품을 상품화하여 유통시키고 서점에서 판매함으로써 작가(라이터)는 돈을 손에 쥐게 되고, 출판사 직원들의 생활도 성립되는 것입니다.

　어느 업계에나 프리랜서는 존재하지만, 표현의 세계만큼 산업의 핵심을 프리랜서가 담당하고 있는 영역도 없을 겁니다.

'작가가 되고 싶다'는 소망은 '프리랜서가 되고 싶다'는 말과 거의 같은 뜻입니다. 세상에 작가를 희망하는 사람은 모래알만큼이나 많습니다. 이 책을 손에 쥔 여러분 가운데도 저와 같은 표현업자, 한번은 작가를 동경했던 분, 현재도 작가 수업을 받고 있는 지망생들이 많으리라 짐작합니다.

그런데 어째서 마흔일까요? 그것은 저처럼 대학도 나오지 않고 취직도 하지 않고 20대 때 프리랜서가 된 사람이나, 회사에서 근무하다 30대의 비교적 이른 시기에 프리랜서가 된 사람에게는 어떤 이유에서인지 마흔을 경계로 일감이 줄어 생활에 어려움을 겪는 경우가 많기 때문입니다. 그것이 이 책에서 말하는 '마흔의 벽'입니다.

1장에서는 왜 그렇게 되는지에 대해서 이야기해볼 생각입니다. 2장부터는 그 대처법이라고 해야 할까요, '살아남는 법'에 대해서 몇몇 프리랜서와의 인터뷰를 통해 생각해보고 싶습니다.

10년, 20년 꾸준히 샐러리맨으로 일하면서 틈틈이 소설을 써서 신인상을 수상하는 등의 방법으로 40대, 50대에 작가가 되는 사람들도 있습니다. 이런 사람들은 대부분 전문영역이 완성되어 있고, 최소한의 사회 상식을 갖추고 있는 경우가 많으니 이 책의 충고가 필요 없을지도 모르겠습니다.

학생이나, 상사의 눈치를 보며 일하고 있는 샐러리맨 가운데, 사실은 회사를 때려치우고 창조적인 일에 종사하고 싶다, 시간과 조직에 구애받지 않고 좋아하는 일을 나만의 페이스로 할 수 있는 생활을 하고 싶다, 자고 싶을 때 자고 일하고 싶을 때 일하고 싶다…, 마음속으로 남몰래 이런 동경을 품고 있는 분들도 많을 겁니다. 이렇게 프리랜서에 대해 자기 좋을 대로만 생각하는 사람들이 꽤 많습니다. 그런 사람에게 '너무 덤비지 마라'고 말해주고 싶은 노파심에서 이 책을 쓰고 있는 것이라고도 할 수 있습니다.

따로 공부도 하지 않고 도중에 학교까지 그만두고 스무 살에 덜컥 프리 매문(賣文)업자 겸 프리 편집자가 되어버린 저는 처음 10년 동안은 주로 금전적인 면에서 고생했지만 30대에는 비교적 형편이 좋았다고 말할 수 있습니다. 서른 살 전후에 《원숭이도 그릴 수 있는 만화 교실》(이하 《원숭이만화교실》)이라는, 지금도 저의 대표작이라 불리는 작업을 해냈고, 몇 가지 작업이 화제가 되기도 했거든요.

그런 상황에 그림자가 드리우기 시작한 것은 마흔 살을 막 넘어섰을 때부터였습니다. 서른아홉 살에 늦은 결혼을 한 저는 마흔한 살에 이혼했는데 이때부터 액운이 드리우기 시작했습니다. 이혼의 원인을 살펴보면, 역시 마흔 살부터 조금씩 일감이 줄어들기 시작한 것이 가장 큰 요인이었을지도 모르겠습니다. 마흔세 살에 첫 번째 바닥을 경험하여 어쩔 수 없이 문필과는 상관없는 아르바이트를 하게 되었습니다. 직후에 대학의 비상근 강사 자리를 얻었고 마흔여덟 살에 교토에 있는 대학의 교수가 되기도 했습니다만, 강의만 하면 되는 비상근 강사라면 몰라도 사무적인 일이 많은 전임교원은 제 성격에 맞지 않았던 탓에 적응장애를 일으켜 정신과 치료를 받게 되었고, 트위터에 악플이 폭주, 결국 쉰네 살에 휴직, 사직하는 꼴이 되어버리고 말았습니다. '벽'에 제대로 부딪히고 만 거죠.

이 책은 그런 저의 경험을 바탕으로 이 세상의 모든 자유표현업자와 자유표현업을 동경하는 사람을 위해서 쓴 경세(警世)의 서(書)라고 할 수 있습니다. ★

프리랜서와 홈리스의 차이점

▷

　　　　　　프리랜서와 홈리스의 차이는 주거와 일이 있는가 없는가, 이것뿐입니다. 가슴에 손을 얹고 생각해봐도 그 이상의 차이를 저는 잘 모르겠습니다. '시간에 얽매이지 않고, 고용계약(회사 조직)에 묶이지 않는 사람'이라는 프리랜서에 대한 정의는 그대로 홈리스의 정의에 해당하기도 합니다.

　세상에 완전한 자유인이 있다면 그것은 홈리스일 것입니다. 바람이 부는 대로 마음이 가는 대로 살고, 여윳돈을 가지고 있지 않으며, 집이 없으니 집세를 낼 필요도 없습니다. 조직과도 일절 관계 없죠. 친척과의 교류는커녕 인간관계조차 거부하고 있기 때문에 번거로운 일이 하나도 없습니다. 너무나도 부러워서 저도 간혹 실종에 대한 유혹을 느낄 정도입니다.

　자유표현업자로서의 프리랜서는 밤중의 끝도 없는 바다를 별빛에 의지해 방향키와 돛만으로 표류하는 작은 배에 비유할 수 있습니다. 작품이 히트를 치면 나침반과 엔진, 연료를 손에 넣을 수 있을지 모르지만 상당한 운이 따라야 하죠. 매스컴에 빈

번히 얼굴을 내미는 프리랜서 가운데는 순조롭게 나침반이나 엔진을 손에 넣은 사람들도 많습니다. 그러나 자유업이라는 배는 상당한 인기를 얻어 나침반을 손에 넣었다 할지라도 갑자기 빙산에 부딪혀 침몰할 가능성도 농후합니다. 그야말로 '배 바로 아래는 지옥'인 세계라고 할 수 있죠. ▶

프리랜서는 정말 자유로울까

○

　　　　　　'프리랜서는 정말 자유로운가'라는
근원적인 문제를 생각해보기로 하죠. 정말 자유로울까요? '프리'
라고 적혀 있으니 자유로울 것이라고 문자 그대로 받아들이는
것은 너무 순진한 생각입니다. 나라 이름에 '민주주의'가 표기되
어 있지만, 온 세상 누구 한 사람도, 심지어는 해당 국가의 사람
들조차도 자기 나라가 민주주의국가라고는 믿고 있지 않는 독
재국가와 유사한 면이 있지요.°

　프리랜서는 정말 자유로울까요? 자유로운 부분도 물론 있습
니다. 노동 시간을 스스로 조절할 수 있다는 점에서는 그렇죠.
애초부터 '아침에 일어나기 싫다', '출퇴근 때 사람들에게 시달
리기 싫다'는 중학생 같은 이유로 프리 생활을 선택한 사람들
도 많습니다. 저도 그렇습니다.

　출판업계에서는 학력도 필요 없습니다(어디까지나 프리랜서의

° 조선민주주의인민공화국이라는 국호를 가진 북한을 의미한다.

경우입니다. 편집자는 좀 다르죠). 저도 대학에 다니지 않았습니다. 전문학교 재적말소입니다. 아무런 수속도 밟지 않고 그냥 가지 않았기에 중퇴도 아닙니다. 따라서 최종학력은 고졸인 셈입니다. 그래도 일만 잘하면 아무런 불편도 없는 것이 이 세계입니다. 바꿔 말하자면 철저한 실력주의, 실적주의의 세계인 거죠.

그리고 회사 조직 특유의 번거로운 인간관계가 없습니다. 뿐만 아니라 회사에 근무하고 있는 사람들이 오히려 '선생님'이라고 부르며 존댓말을 써주곤 합니다.

여기까지만 놓고 보면 멋진 직업으로 보일지도 모르겠습니다. 서점에 놓여 있는 프리랜서 입문서들이라면, 이쯤에서 소개를 멈추는 것이 일반적입니다. 너무 적나라하게 써서 독자를 줄일 필요는 없을 테니까요. 하지만 저는 친절한 사람이니 그 너머의 이야기도 해보겠습니다.

우선 노동 시간을 스스로 조절할 수 있다는 말은 맞습니다. 아침 7시에 자고 오후 4시에 일어나도 무방합니다. 자유업이니까요. 그러나 '마감'이라는 무시무시한 존재가 기다리고 있는 것 또한 엄연한 사실입니다. 일반 업계에서 말하는 '납기'가 있는 거죠. 어느 업계에나 발주가 있으면 납기가 있게 마련입니다. 그것이 자연스러운 일의 과정입니다. 단, 일반 업계에는 일을 위한 조직이 있고 역할 분담이 있고 일을 시작하는 시간과 마치는 시간이 정해져 있지만, 자유표현업에는 일반적으로 조직이 없고, 일을 시작하는 시간과 마치는 시간도 따로 없을 뿐입니다. 이는 자기관리 능력이 아주 뛰어나지 않으면 근무 시간과 생활 시간, 그리고 수면 시간이 마구 뒤얽혀 엉망진창의 생활 속으로 빠진다는 것을 의미하죠. 특히 마감 직전의 며칠은 일이 24시간 계속돼 휴일도 없어지고 마는, 블랙기업마저도 능가하는 사태에 빠져들곤 하는데, 뭐 다 자업자득입니다. 프리랜서는 시간을 어떻게 쓰든 자유이지만, 자신이 결과를 책임져야만 하는 세계에 사는 겁니다. 마감을 연기하는 경우도 흔하지만, 너무 심하면 일을 잃을 위험이 있죠.

회사원만큼은 아니지만, 인간관계에서 오는 번거로움도 존재합니다. 일을 하는 이상 인간관계를 피할 수는 없습니다. 글쓰는 일이라면 최소한 편집자와의 관계가 있습니다. 당신이 담당 편집자를 엄청 성가시다고 생각한다면, 상대는 생글생글 웃으면서 이렇게 생각할 겁니다. 당신이 서른다섯 배나 더 성가시다고 말이죠.

이런 점들을 고려해본다면 일반 업계와 비교해서 자유표현업의 장점은 '학력이 필요 없다'는 점뿐일지도 모릅니다. 당신이 쓰는 원고(작품)가 재미있는지, 팔리는지, 이 점에 있어서만 발주처의 요구를 충족시키면 설령 중졸이라 할지라도 일감은 들어오니까요.

자유업은 틀림없이 자유롭지만, 작업의 완성도가 너무 떨어지거나 마감을 지키지 않는 등 신의를 잃으면 작품이 팔리지 않는 한 홈리스로 가는 지름길이 되어버립니다. 그게 싫다면 거래처에 신경을 써야 하고, 마감을 지켜야 하며, 엄밀한 자기관리와 함께 서비스 정신을 왕성하게 발휘해야만 합니다. '자유업, 한 꺼풀 벗기고 나면 부자유업.' 누가 말했는지, 실로 옳은 말입니다.

자유에는 의무와 책임이 따릅니다. 이처럼 당연한 얘기를 제가 왜 거듭하는가 하면, 알고는 있지만 그렇게 할 수만 있다면 고생하지 않을 사람들이 나이 지긋하게 먹은 성인들 가운데도 상당히 많기 때문입니다. 제가 바로 그런 사람들 중 하나죠. 아침에 제대로 일어나지 못하는 것에서부터 시작해서, 이른바 사회적 상식이 부족한 사람들이 자유업을 목표로 삼는 법칙 같은 것이 아무래도 존재하는 듯합니다.

프리랜서에는 두 종류가 있다고 생각합니다. 프리랜서가 '되는' 사람과 '될 수밖에 없는' 사람. 전자는 회사원으로 일하면서 여가시간에 작품을 써서 충분한 경험을 쌓은 뒤 프리가 되는 사람이고, 후자는 이렇다 할 경험도 실적도 없이 프리가 '되어버리는' 사람이죠. 후자와 같은 사람도 있을까 싶겠지만, 꽤 많습니다. 여기에도 두 종류가 있는데, 하나는 학생 등 젊은 시기에 소설이나 만화의 신인상을 수상해 일감이 들어오면서 그대로 프로가 되어버리는 사람. 또 하나는 바로 제가 그런데, 학생 시절이나 백수 시절에 아르바이트를 통해 업계로 들어갔다가 그대로 취직도 하지 않고 프리로 프로가 되어버리는 패턴입니다.

저와는 천지 차이지만 스티븐 스필버그 감독도 이런 패턴이었습니다. 스필버그 감독은 학생 시절부터 영화감독이 되고 싶어, 알바생조차 아니었으면서 관계자인 척하고 영화사의 스튜디오에 몰래 들어갔다고 합니다. 그러다 스튜디오 안에 친구가 생겼고 촬영 스태프로 일하게 되면서 지금의 지위에까지 올랐죠.

스필버그가 모교인 캘리포니아주립대학을 졸업한 것은 놀랍게도 쉰 살이 지난 뒤였습니다. 학생 시절부터 영화 작업으로 바빠 일단은 중퇴했지만 졸업을 위해 50대에 다시 입학한 것입니다. 스필버그는 극단적인 경우이겠지만, 프리에게 학력은 관계없다는 사실의 좋은 사례이기도 합니다. 프리는 실력이 전부입니다. ●

프리랜서와 경도발달장애

　　　　　　스필버그와 관련해서 이 책의 테마와도 관련이 있는 중대한 사실이 하나 더 있습니다. 스필버그는 디스렉시아(Dyslexia, 난독증, 학습장애)입니다. 그것도 중년이 되어, 즉 영화감독으로 세계적인 성공을 거둔 뒤 자신의 장애에 대한 진단을 받고 사실을 밝혔습니다.

스필버그는 자신의 장애를 알고 난 뒤, 어린 시절에 '이상한 녀석'이라며 따돌림당했던 경험, 일이 뜻대로 풀리지 않았던 것에 대한 여러 기억을 떠올리며 "인생의 수수께끼가 풀렸다"는 명언을 남겼습니다.

학습장애는 발달장애의 일종인데 무거운 자폐증과 달리 지성이나 이해력에는 문제가 없습니다. 단, 이해를 위한 뇌의 구조가 일반 사람과는 다르고 선천적으로 뇌의 일부 기능에 장애가 있는 것으로 여겨지고 있죠. 그 때문에 뭔가를 이해하는 데 시간이 걸리거나, 남다르게 이해해서 타인들로부터 의심을 받기도 합니다. 증상에 따라서 디스렉시아, 아스퍼거증후군(AS),

주의결함다동증후군(ADHD), 고기능자폐증 등이라 불리는데, 이들 증상이 복합되어 있는 사례가 흔해, 요즘에는 '자폐증 스펙트럼(ASD)' 혹은 '경도발달장애' 등의 호칭으로 불리는 경우가 많습니다.

저도 경도발달장애 가운데 주의결함다동증후군(ADHD) 진단을 받았습니다. '프리랜서가 될 수밖에 없는 사람' 가운데는 발달장애인이 적잖이 포함되어 있다고 저는 생각합니다. 이른바 '오타쿠' 중에는 대인 커뮤니케이션 능력이 결여된 사람들이 많다고 하지요. 어쩌면 오타쿠 가운데도 알려지지 않은 발달장애인이 상당수 포함되어 있을지 모릅니다.

작가, 예능인, 스포츠 선수 중에도 발달장애인이 많다고 합니다. 이름을 들으면 '응? 그 사람이?'라고 여겨질 유명인들도 있습니다. 사실을 밝힌 유명인으로는 스필버그 외에도 쿠엔틴 타란티노, 톰 크루즈 등이 있습니다. 사람들이 천재라거나 귀재라고 부르는 사람 가운데는 적잖은 비율로 발달장애인이 숨어 있지 않을까 저는 의심하고 있습니다. 마침 걸출한 재능이 있었기에 일에서 성공하고 천재라 불리며 유명해진 것이지, 그렇지 않았다면 그들은 그저 기인, 괴짜, 얼간이로 인생을 보냈을 가능성도 있습니다.

발달장애에 관한 이야기만으로도 책 한 권은 쓸 수 있을 겁니다. 세상에는 지성에 문제가 없고 IQ는 오히려 높은 편이지만 규칙적인 생활이나 커뮤니케이션 능력에 장애를 가지고 있어서 조직 속에서 살아가는 데는 어려움을 느끼는 사람들이 상상 이상으로 많다는 사실을 알아주셨으면 합니다. 그런 사람들에게 최적의 장소가 프리랜서의 표현업입니다.

거기서는 설령 발달장애인이라 할지라도 그것이 그대로 '개성'으로 인정되어서 좋아하는 일, 잘하는 일을 마음껏 할 수 있습니다. 그런데 그런 사람들의 앞을 가로막는 것이 바로 '마흔의 벽'입니다. 우선은 당신이 프리랜서를 동경하고 있는 이유를 잘 생각해보시기 바랍니다. 그것이 '시간과 인간관계에 얽매이지 않고 좋아하는 일을 할 수 있기 때문'이라면 한 번쯤은 자신이 발달장애가 아닐까, 인터넷이나 책 등의 간단한 자기진단 검사를 받아보시기 바랍니다. 저처럼 걸리는 부분이 너무 많은 경우에는 전문의의 진찰을 받아볼 것도 진지하게 권합니다. ◆

프로와 아마추어는 뭐가 다를까

　　　　　　　　　프리랜서도 프로페셔널입니다. 고용주와 급료는 없지만 일을 의뢰한 사람이 있고 대가를 받는 이상 어엿한 프로인 거죠. 프로와 아마추어의 차이는 하나밖에 없습니다. 자신이 하는 일이 돈이 되어 그것으로 생활할 수 있느냐, 없느냐 하는 것.

　흔히들 착각하는 경우가 많기에 밝혀두겠습니다. 프로는 아마추어보다 재능이 있기 때문에 프로인 것이 아닙니다. 세상에는 프로 이상으로 뛰어난 작품을 쓰는 아마추어들이 얼마든지 있습니다. 문학신인상의 예선 심사위원에게 들은 이야기인데, 낙선한 응모자 중에는 미시마 유키오나 다니자키 준이치로만큼이나 훌륭한 글을 쓰는 사람들이 반드시 섞여 있다고 합니다. 훌륭한 글인데 낙선하는 첫 번째 이유는 무엇보다 '팔릴 만한 요소'를 찾아볼 수 없기 때문이라고 생각합니다. 문학상 수상자 가운데는 어린 학생으로 미모의 여성이거나, 가수나 배우로 활약하고 있는 사람이거나, 일반 사람들이 놀랄 만한 과거를 가지고 있어서 작가 자신에게 '팔릴 만한 요소'가 있는 경우가 많습니다. 과거의 아쿠타가와상 수상자를 떠올려보면 이해할 수 있을 겁니다. 어느 정도 내용이 있는 글을 쓸 줄 알고 '팔릴 만한 요소', 예를 들어서 폭주족의 우두머리 출신으로 소년원에서 처녀소설을 썼다는 식의 화려한 이력이 있으면 비교적 쉽게 데뷔할 수 있는 거죠.

하지만 예술가적 기질로 가득해서 편집자의 말을 전혀 듣지 않는다거나, 마감을 무시하고 자신만의 리듬으로 일하는 경우가 거듭되면 프로로 살아가기 어렵습니다.

저는 '작가로서의 재능과 프로로서의 재능은 별개'라고 곧잘 말합니다. 예술적 재능이 있으면 작가가 될 수는 있지만, 이는 프로 작가로서의 필요조건에 지나지 않습니다. 편집자의 주문을 듣고 마감을 지킬 수 있는 능력이 '프로의 재능'이며, 이것이 충분조건이 됩니다. 프로로서 약속을 잘 지키며 예술적 재능을 충분히 발휘할 수 있는 사람이 일을 오래 지속할 수 있는 일류라고 할 수 있죠.

단, 예외도 있어서 아무리 마감에 늦고 사회적 상식이 결여되어 있다 해도, 쓰는 족족 10만 부 이상 팔린다면 프로 작가로서 충분히 통용됩니다. 이것도 기억해두시기 바랍니다.

지금까지 프리랜서란 과연 어떤 사람일까에 대해서 이야기해보았습니다. 1장부터는 저의 프리랜서 인생, 그리고 '마흔의 벽'이란 무엇인가에 대해서 자세히 이야기해보기로 하겠습니다. ★

차례

들어가며 프리랜서는 자유라는 이름의 업보다

1장 마흔의 벽

2장 '좋아하는 것'을 관철한 대가, 도미사와 아키히토

3장 프리랜서란 스스로 선택하는 삶의 방식, 스기모리 마사타케

4장 쉰 살의 벽은 더욱 높다

5장 샐러리맨과 만화가를 병행한 사내, 다나카 게이이치

6장 〈덴노마보〉와 나의 미래

9장 프리랜서에서 창업 사장으로

맺으면서 이 책의 집필에 시간이 걸린 이유

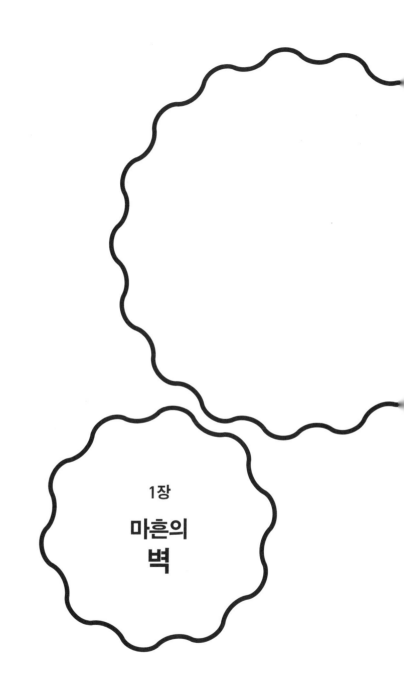

1장

**마흔의
벽**

업계 사람이 되어버리고 말았다

◯

　　　　　　　　　지금부터 제 인생 궤적을 적어보려고
합니다. 꽤 뒤죽박죽으로 보일지도 모르지만, 전부 사실입니
다. 이 책에서는 제가 취재한 몇몇 프리랜서의 인생에 대해서
도 들려드릴 텐데, 대부분은 저와 같은 세대입니다. 같은 세대
의 프리랜서들에 대해서 공통적으로 할 수 있는 말은 '시대를
잘 타고났다'는 것입니다. 물론 여기서 말하는 시대는 '젊은 시
절'로 한정됩니다. 제 또래의 세대는 1980년대에 청춘을 보내
며 경력을 쌓기 시작했죠. 한마디로 버블경제를 경험한 세대들
입니다.

　저는 특별히 재능이 있는 것도 아니어서 가장 되고 싶었던
직업(만화가)에서는 좌절했고, 차선책으로 프리라이터가 된 케
이스입니다. 무엇이든 쓸 줄 아는 라이터가 아니라 만화 리뷰
나, 후에 '오타쿠'라 불리는 취미적 분야를 전문으로 하는 매우
한정적인 영역의 전문 라이터였습니다. 1980년대에는 그런 프
리랜서가 많았습니다. 최소한의 재능만 있어도 나머지는 의욕

과 분위기로 일을 할 수 있었던 거죠. 프리랜서에게는 천국과도 같은 시대였습니다.

1980년대 초에 리쿠르트가 《프롬 에이》라는 아르바이트 정보지를 창간했고, CM에서 '프리타°'라는 말을 유행시켰습니다. 지금은 프리타가 인생의 낙오자인 듯한 뉘앙스를 풍기지만, 버블이 터지기 전까지는 '회사에 얽매이지 않는 자유로운 삶'을 의미하는 활동적이고 긍정적인 말이었습니다. 정사원이 되지 않아도 일이 얼마든지 있었기 때문에 버블경제 시기에는 '평생 프리타로 살아도 좋다'고 생각하는 젊은이들도 많았죠. ●

° 직장에 매이지 않고 자기 편한 시간에 아르바이트를 하고 남는 시간에 좋아하는 일을 하며 살아가는 사람들을 지칭하는 말.

스무 살에 집을 나오다

　　　　　　저는 원래부터 벽보를 만들거나, 미니코미°를 만들어 가족이나 친구들에게 돌리는 것을 좋아하던 아이였습니다. 만화도 아주 좋아해서 언젠가는 만화가가 되겠다고 초등학교 시절부터 생각하고 있었죠. 그런데 고등학교 졸업 후 프로 만화가와 만날 기회가 있었는데 그가 그린 작품이 너무나도 뛰어나 저는 만화가가 되기를 포기했습니다.

　사춘기에 접어들 무렵부터 저는 부모님과 사이가 좋지 않았습니다. 주로 진로 문제로 다퉜죠. 당시의 저는 부모님이 원하는 대로 평범하게 대학에 진학해 샐러리맨이 되는 것이 한심하게 느껴졌습니다. 특히 어머니의 잔소리가 심했죠. 어머니는 남의 말은 듣지 않고 자신의 주장만 일방적으로 떠들어대는 유형이었어요. 저도 자아가 강한 편이어서, 상당히 심한 싸움이 되곤 했습니다. 한번은 말다툼 중에 어머니가 격분해서 제 머리

° 극히 소수자를 대상으로 하는 정보 전달 매체로, 흔히 동인지를 말함.

에 된장국을 뿌린 적도 있었죠.

1980년에 이치류 노부야의 '금속배트 양친 타살사건'이라는 유명한 사건이 일어났습니다. 도쿄대 출신의 아버지가 있는 일류 학력의 가정에서 자란 이치류 노부야가 성적에 대한 부모님의 압박을 견디지 못하고, 금속배트로 자고 있던 부모님을 마구 내리쳐 살해한 사건입니다. 저는 이치류 노부야 사건을 보고 소름이 돋았습니다.

미대 입시에 실패한 저는 디자인 전문학교에 다녔습니다만 1년 만에 그만두고 말았습니다. 제가 편집하고 있던 동인지를 통해서 알게 된 잡지 편집자가, 그 회사에서 내고 있던 자동판매기용 잡지의 편집장을 맡게 되었는데 좀 도와줄 수 없겠느냐고 제안해왔기 때문이었죠. 자동판매기용 잡지란 지금은 사라진 출판 장르로, 자동판매기에서만 판매하던 에로잡지를 말합니다.

에로잡지든 뭐든 잡지와 관련된 일을 할 수 있다는 사실에 저는 망설임 없이 학교를 관두고 집에서 나왔습니다. 그대로 집에 있다가는 제2의 이치류 노부야가 될지도 모른다고 생각했기 때문이었죠. 이치류 외에도 '부모 살해' 뉴스가 자주 언론을 떠들썩하게 만들던 시절이기도 했습니다.

제게 일을 제안한 편집장은 저보다 한 살 많은, 고작 스물한 살의 가출청년이었습니다. 거의 아마추어와 다를 바 없는 사람이 편집장으로 있었던 거죠. 자동판매기용 잡지업계는 그 정도로 허술한 세계였습니다. 건달이라고는 할 수 없지만, 건실하다고도 할 수 없었습니다.

1981년에 집을 나왔을 때, 제 재산이라고는 5,000엔뿐이었습니다. 그것만 들고 편집장의 방으로 굴러들어갔습니다. 황당한 얘기지만 당시 저는 집을 나오고 싶어서(부모님의 얼굴을 보고 싶지 않아서) 견딜 수가 없었습니다. 가난은 각오하고 있었습니다만, 아르바이트로도 어떻게든 생활할 수 있을 정도로 그때는 경기가 좋았습니다. ◆

가장 좋아하는 일은 직업으로 삼지 않는 편이 좋다

제가 인생에서 처음으로 원고료를 받은 건 에로잡지에 실린 에로기사를 쓰고 나서였는데, 그 당시 저는 여성의 신체에 대해서도 잘 모르는 숫총각이었습니다. 뭣도 모르면서 잘도 써냈다 싶은데, 일에는 선택의 여지가 없었습니다. 글의 질을 따지는 사람도 없었죠.

자동판매기에서 파는 에로서적이니 가장 중요한 것은 표지의 사진입니다. 극단적으로 말해서 표지만 야하면 안의 내용은 수학 공식이어도 상관없었던 겁니다. 한심한 얘기죠. 생활이 걸려 있었기에 필사적으로 마지막까지 써내려갔을 뿐입니다.

앞서도 이야기했지만 저는 만화가를 지망했었죠. 그런데 저는 도 아니면 모인 성격이기에 최고가 될 수 없다는 생각이 들면 깨끗하게 포기해버리는 경향이 있습니다. 이때도 그랬습니다. 그래서 두 번째로 좋아하던 편집과 글 쓰는 일을 시작하게된 거죠.

가장 좋아하는 일은 직업으로 삼지 않는 편이 좋다고 생각합니다. 표현업에서 중요한 것은 자신의 일을 객관적으로 볼 수 있느냐 하는 것이기 때문입니다. 제가 라이터로서 이 나이까지 그럭저럭 일해올 수 있었던 것도 글을 쓰는 것이 죽을 만큼 좋은 건 아니었기 때문일지도 모릅니다.

만화가도 소설가도 되지 못한 저는 이른바 '프리라이터'가 되었습니다. 프리라이터도 작가의 일종이기는 합니다만, 출판 업계에서 프리라이터는 편집자의 주문에 맞춰 내용까지 정해 주는 대로 글을 쓰는 '잡문글쟁이'를 말하는 것으로, 좀처럼 작가 취급을 받지 못합니다(조금 더 자신을 표현할 수 있는 라이터의 장르도 있는데, 그들은 에세이스트나 칼럼니스트라고 불립니다. 이 경우는 작가 대우를 받죠). ★

스물세 살에 첫 단행본을 내다

▷

　　　　　　　　　제가 스물세 살에 처음으로 낸 책이 《색단(色單)-현대색단어사전》(1983)이었습니다. 쇼나이 료스케(소설가, 도모나리 준이치) 씨와의 공저입니다. 당시 군웅사출판의 사장과 출판국장이 "이봐, 자네, 부모님이 처음으로 사전을 사주셨을 때 무슨 단어를 찾아보았나?" "그야, 야한 단어를 찾아봤지." "그랬지? 그럼 야한 단어들만 실려 있는 사전을 만들면 잘 팔리지 않을까?"라는 대화를 나눈 것이 발단이었습니다. 누구에게 만들게 할까 이야기가 시작되었는데, "그러고 보니 요즘 다케쿠마라는 젊은이가 우리 회사에 드나들고 있으니 그 녀석한테 맡겨보자" 하고 결정난 거죠.

　도모나리 씨와 진보초의 서점을 돌아다니며 골판지박스 두 개 분량의 관능소설을 구입했습니다. 책 속에 나오는 야한 단어와 표현에 빨간 줄을 긋고 그것을 카드에 옮겨 적어 4천 장의 단어카드를 만들었습니다. 당시 제가 살고 있던 에고타의 싸구려 맨션에 단어카드를 들고 가서 세 평짜리 방 가득 단어를 펼

쳐놓고 종류별로 분류해서 유의어 사전을 만들었습니다. 단순히 가나다순으로 했으면 편집은 편했을 테지만, 손이 많이 가는 유의어 사전으로 한 것은 '읽을거리'로서 재미있고 쉽게 읽히는 책을 만들고 싶었기 때문이었습니다. 이 분류 작업이 생각했던 것 이상으로 시간을 잡아먹어 제 방은 몇 개월 동안 이불도 깔 수 없는 상태에 빠져버리고 말았죠.

히사우치 미치오 씨에게 삽화를 부탁해서 책이 완성되기까지 6개월이 걸렸습니다. 되돌아보면 컴퓨터도 없던 시대에 그런 번거로운 책을 잘도 만들었다는 생각이 듭니다. 젊은이 특유의 한가로움과 열정의 산물일 것입니다. 지금도 《색단》을 생각하면 가슴이 뜨거워집니다.

본문의 대부분은 도모나리 씨가 쓰고, 전체적인 구성, 편집, 부록 집필은 제가 맡았습니다. 제게 있어서는 '편집자'로서 작업한 첫 번째 책이라고 할 수 있죠. 그 이후 편집과 라이터를 동시에 맡아 책을 몇 권이나 만들었지만, 출판사에게 있어서 저는 싼 가격으로 편집을 포함해 귀찮은 일을 해주는 편리한 라이터에 불과했을지도 모릅니다.

《색단》의 초판 부수는 1만 5천 부. 출판시장이 불황인 지금과 비교하면 대단한 숫자일지 모르지만 당시는 지금보다 책이 훨씬 잘 팔리던 시대였습니다. 경제가 한창 활발하던 시절, 대형 출판사의 편집자에게 《색단》을 보여주었더니 "우리 같았으면 초판 5만 부를 찍었을 거야"라고 말했던 것을 기억하고 있습니다.

《색단》은 진지한 내용의 책은 아니었으나 진심을 담아 충실하게 만들었습니다. 말하자면 사전의 패러디라고 할 수 있는데, 패러디는 완성도를 추구하는 것이 내용을 재미있게 하는 철칙이라고 할 수 있습니다. '이런 한심한 내용을 이렇게까지 열심히 만들었단 말이야?'라고 독자가 어처구니없어 하면 성공인 거죠.

'한심한 내용을 진지하게 만드는 것'은 이후 제 작업의 기본 패턴이 되었습니다. 그것은 1980년대라는 무사상(無思想)의 향락적, 광조적(狂躁的) 시대 분위기 그 자체였다고 생각합니다. ▶

기회는 반드시 찾아온다

◯

        저의 20대는 후지와라 가무이와 아이하라 고지, 두 작가와의 만남으로 새로운 길이 열렸던 시절이라고 할 수 있습니다. 가무이는 1980년대 초에 만화가로 데뷔하여 인기를 얻기 시작, 후타바샤 등의 중견 출판사와 고단샤, 쇼가쿠칸 등과 같은 대형 출판사에서 일하게 되었습니다. 그가 제게 편집자를 한 명 소개해주었습니다. 쇼가쿠칸의《빅코믹 스피리츠》˚에서 가무이를 담당하던 분이, 후에 제가 아이하라 고지와 공동으로 연재한 〈원숭이만화교실〉의 담당자인 에가미 씨였습니다. 에가미 씨와의 만남이 제 운명을 크게 바꿨죠.

  에가미 씨와는 곧 기획기사를 두 개 정도 진행했고, 그 후에 기획한 〈낙일신문〉 덕분에 결정적으로 친해지게 되었습니다. 시작은 당시《스피리츠》에 작품을 싣고 있던 인기 만화가 E씨

˚ 대상 독자층이 20대 남성인 일본의 청년 만화 잡지.

가 연재 9회째를 완성하지 않은 채 종적을 감추어 잡지에 공백이 생겨버린 일에서 비롯되었습니다. 보통 이럴 때는 편집부에서 미리 확보해두었던 신인작가나 투고자의 당선 원고를 '땜빵'으로 쓰는 것이 일반적이지만, 편집장이었던 시라이 가쓰야 씨의 한마디로, 급거 '작가가 종적을 감추어 잡지에 공백이 생겼다'는 내용의 특집기사를 만들어야 하는 상황이 되었죠.

담당자인 에가미 씨가 창백한 얼굴로 기치조지에 있던 제 아파트로 달려온 날을 잊을 수 없습니다. "내일 아침까지 펑크 난 여덟 페이지를 메꿔줘!"라는 다급한 의뢰 역시, 제 인생에서 처음이자 마지막이었습니다. 그 땜빵 기사에 일러스트가 필요해서 역시 기치조지에 살고 있던 아이하라 고지 군의 집까지 심야에 부탁하러 갔는데 이것이 아이하라 군과의 첫 번째 작업이 되었죠.

이 시기 《스피리츠》는 발행 부수가 160만 부였습니다. 그렇게 많은 부수를 발행하는 잡지에서 이렇게까지 적나라하게 속사정을 폭로하는 기획은 전대미문이었습니다. 독자 반응이 굉장했다고 들었습니다.

〈낙일신문〉 작업을 한 것은 1987년 1월이었습니다. 저는 결코 손이 빠른 라이터가 아닙니다만 이때는 '생각할 여유가 없다', '작업회의에 쓸 시간이 없다', '편집부에도 퇴짜를 놓을 여유가 없다'며 그야말로 한시의 틈도 주지 않았기에 오히려 술술 써나갈 수 있었습니다. 지금 돌이켜보아도 저녁 4시부터 이튿날 오전 11시까지, 기획에서 마무리까지 완수한 것이 그 후 제 커리어에 커다란 영향을 준 것만은 틀림없는 사실입니다. 기사에 대한 평판도 좋아서, 라이터로서의 평가도 올라갔습니다. ●

일대 히트를 친《원숭이만화교실》

〈낙일신문〉 이후 아이하라 고지 군과 공동으로《스피리츠》에 연재한 〈원숭이만화교실〉이 저의 대표작이 됩니다.

〈원숭이만화교실〉은 '만화 입문서를 가장한 개그만화'입니다. 지금도 가끔 "〈원숭이만화교실〉을 읽으며 만화 공부를 했습니다!"라고 말하는 후배 작가들을 만나는 경우가 있는데, 저도 그렇고 아이하라 군도 그렇고 눈만 끔뻑거릴 수밖에 없습니다. 제대로 된 입문서라고 생각하며 작업한 기억이 없기 때문입니다.

〈원숭이만화교실〉은 인기 만화가를 꿈꾸며 좁아터진 단칸방에서 함께 생활하는 초짜 만화가 '아이하라'와 '다케쿠마'가 여러 장르의 만화, 출판사와 편집자의 경향 등에 대한 대책을 연구해 작품을 그려서 크게 히트를 치고 호화 저택에서 살게 되지만, 작품이 매너리즘에 빠져 슬럼프를 겪게 되면서 몰락, 결국 신주쿠 공원의 홈리스가 된다는 내용의 만화입니다.

만화가도 인기로 먹고사는 사람들이죠. '인기를 먹고사는 직업의 숙명'을 주제로 한 것인데 연재를 시작했을 때 저는 스물아홉, 아이하라 군은 스물여섯이었습니다. 서로 "이 작품을 그리고 나면, 우리는 더는 작품을 만들지 못하게 될지도 모른다"며 자조하곤 했습니다. '갑판의 판자 한 장 아래는 지옥'이라는 프리랜서의 숙명을 알고 있으면서도 굳이 그것을 개그 소재로 삼아 그린 것입니다. 궁극의 자학개그라고 할 수 있겠죠.

제가 〈낙일신문〉으로 처음 기회를 잡은 1987년부터, 〈원숭이만화교실〉(1989~1992)을 거쳐서 서브컬처의 알려지지 않은 위인들을 인터뷰한 《터무니없는 사람들》(1997), 〈신세기 에반게리온〉의 감독인 안노 히데아키 씨를 취재한 《안노 히데아키 사랑한다 에반게리온》, 《안노 히데아키 파라노 에반게리온》(1997) 두 권을 펴낸 90년대 말까지가 라이터로서 저의 절정기였다고 할 수 있습니다.

《원숭이만화교실》 1권은 20만 부, 《터무니없는 사람들》은 2만 부, 《사랑한다》&《파라노 에반게리온》은 각각 10만 부를 인쇄했습니다. 당시는 아주 당연하다는 듯 100만 부를 찍는 만화가들이 있었으니 그리 대단할 것도 없지만, 이 글을 쓰고 있는 지금의 출판 상황과 비교해보면 1만 부를 넘어섰다는 것만으로도 꿈과 같은 숫자입니다. 버블경제기와 〈원숭이만화교실〉의 연재 시기가 거의 일치한 덕도 컸던 거죠.

　그럼 지금부터 '마흔의 벽'에 대해 얘기해보기로 하겠습니다. 글을 쓰다 보니 점점 우울해집니다만, 그래도 쓸 수밖에 없습니다. 당신이 프리랜서가 아니라 할지라도 모두가 언젠가는 지나야 할 길이기 때문입니다. 피할 수는 없습니다. 극복할 수밖에 없습니다. ◆

프리랜서의 결혼에 대하여

1999년, 저는 서른아홉 살에 늦은 결혼을 했습니다. 상대는 열여섯 살이나 어린 여성이었습니다. 원래는 저의 팬으로 그때까지 두 번, 출판사의 파티 등에서 만난 적이 있었습니다.

저는 오랜 시간 결혼을 망설여왔습니다. 20대 때부터 늘 불안정한 생활이 계속되고 있었기 때문입니다. 프리랜서의 결혼은, 특히 20대의 이른 시기에 프리랜서가 된 경우라면, 조혼이나 만혼이 될 가능성이 높습니다. 수입이 불안정하기 때문입니다. 20대 전반에 젊은 혈기로 일찍 결혼하는 사람도 많습니다만, 이혼할 확률도 그만큼 높습니다. 특히 부부 모두 프리랜서인데 부인이 남편보다 더 인기 있는 경우에는 매우 높은 확률로 이혼을 합니다. 남편이 정신적으로 썩어버려 부인이 그런 남편에게 정나미가 떨어져버리는 경우가 많습니다.

프리랜서로서 확정신고를 해보고 처음으로 알게 된 사실인데 문필업자와 어부와 진주 양식업자는 3년의 평균 소득으로 신고할 수 있습니다. 연소득이 두세 배 정도 차이 나는 경우가 흔하기 때문입니다. 저도《원숭이만화교실》의 첫 번째 단행본이 나왔을 때는 연소득이 이전까지의 세 배나 되었습니다. 바꿔 말하면, 수입이 순식간에 3분의 1이 되기도 한다는 뜻입니다. 얼마나 불안정한 직업인지 알 만하지 않습니까.

결혼생활은 고작 1년 반 만에 끝나버리고 말았습니다. 상대방도 너무 젊었고, 저로서도 너무 서둘러 판단을 내렸던 거죠. 인생을 진지하게 생각하지 않았기에 벌을 받은 것이라고 생각하고 있습니다.

39세에 결혼해서 41세에 이혼했는데, 40세가 되었을 즈음부터 일이 조금씩 줄기 시작했다는 점도 분명 영향을 미쳤을 겁니다. 어쩌면 그게 이혼에 이르게 된 가장 커다란 이유였을지도 모릅니다. ★

마흔부터 일이 줄어드는 이유, 첫 번째

▷

2000년에 마흔 살이 되었습니다. 당시에도 여전히 잡지나 신문에 칼럼을 쓰기도 하고 만화 원작을 쓰기도 했습니다만, 특별히 히트작이 있는 것도 아니고 10년 전에 펴낸 《원숭이만화교실》의 인기도 상당히 떨어진 상태였습니다.

창작을 하는 프리랜서는 5년에 하나 정도는 화제작이 있는 것이 이상적입니다. 화제가 될 뿐만 아니라 히트까지 치면 물론 더 좋겠죠. 히트작까지는 아니어도 얼마간 화제만 되어도 '이름이 잊히지 않는다'는 의미에서는 괜찮은 일입니다. 5년이란 앞서의 화제가 효력을 발휘하는 기간입니다.

일이 줄기 시작한 이유 가운데 하나로, 단순히 의뢰가 줄었을 뿐만 아니라 의뢰받는 일이 전부 비슷비슷한 것들뿐이어서 싫증나기 시작했다는 점도 들 수 있습니다. 서른 살 전후에 연재했던 《원숭이만화교실》은 개그만화였는데, '만화업계와 만화라는 표현 자체를 풍자하여 개그화'한 메타 구조를 가진 작품으로 만화 자체가 만화에 대해 비평을 한 것이었죠. 그랬기에 《원숭이만화교실》이후의 제 작업은 '만화평론가'로서의 일이 메인이 되었다고 할 수 있을 만큼 그 수가 늘었습니다.

저의 경우 마흔을 경계로 일이 줄어든 이유는 다음 두 가지입니다.

① '만화평론가'로서의 일에 싫증이 나서 계속 거절했다.
② 의뢰처(출판사)의 담당 편집자가 나보다 어린 연하로 바뀌었다.

①에 대해서는 자업자득이라고 생각합니다. 《원숭이만화교실》이 1992년에 완결된 이후 제게는 비슷비슷한 일들이 쇄도했습니다. '지금 커다란 인기를 얻고 있는 ○○라는 작품에 대해서 소개해주십시오.' '지금 가장 유행하고 있는 만화에 대해서 가르쳐주십시오.' 이처럼 평론이라고도 할 수 없는 '만화 소개문'에 대한 의뢰만 들어왔죠. 언제부턴가 저의 일은 '만화평론가(라는 직함의 만화 소개업자)'가 되어 있었습니다.

제게는 언제나 '누구도 한 적 없는 새로운 작품을 만들고 싶다'는 욕망이 있었습니다. 그것이 어떤 때는 글이기도 했고, 어떤 때는 만화이기도 했고, 어떤 때는 영화이기도 했습니다. 저는 다빈치가 아니기에 무슨 일이든 다 할 수 있는 사람이 아닙니다. 젊었을 때는 이런저런 일을 해보았으나 결국은 제가 가장 좋아하는 일이라고는 할 수 없는 문필업으로 돌아오게 되었습니다. 자신이 좋아하는 일과 잘하는 일은 다른 법입니다. 데즈카 오사무가 좋은 예입니다. 그는 어렸을 때부터 애니메이션을 좋아해서 애니메이션 감독이 되는 것이 첫 번째 목표였으나 성공한 것은 만화였죠. 설립한 애니메이션 회사는 도산했으니, 애니메이션으로 성공했다고는 말할 수 없습니다. 데즈카는 "만화는 본처, 애니메이션은 애인"이라는 말을 입버릇처럼 했다고 하죠.

《원숭이만화교실》이후 비슷비슷한 '만화 소개문' 의뢰가 쇄도한 데에는 저도 곤혹스러웠습니다. 언제부턴가 저는 '만화평론가'의 일인자처럼 되어버리고 말았습니다. 텔레비전에 만화 특집이 있으면 출연하기도 했고요.

일반적으로 생각해보면, 라이터로서 '전문분야'가 생긴 셈이니 행운이라고 볼 수도 있습니다. 그러나 저는 어디까지나 만화 제작자가 되고 싶었기에 만화를 학문으로 삼아 연구한다거나 다른 사람의 만화를 이야기하는 일에는 그다지 흥미를 느끼지 못했습니다.

얼마 지나지 않아서 저는 프리랜서업계의 '어떤 법칙'을 깨닫게 되었습니다. 어떤 일로 성공을 거두면 그 이후로는 '예전에 성공했던 일과 비슷한 일'이 주로 들어온다는 법칙입니다. 1980년대에 《색단》을 냈더니 한동안은 '야한 말이나 표현'에 관한 글을 의뢰하는 일만 늘었으며, 《원숭이만화교실》이 인기를 얻은 뒤에는 만화의 원작이나 평론에 관한 일만 늘어났습니다.

거듭 말하지만, 프로 라이터에게는 기회이기도 합니다. 하지만 저는 거듭되는 비슷한 일에 점점 진력이 나서 언제부턴가 만화를 좋아서 읽는 것이 아니라 '일로 읽는' 상태가 되어버리고 말았습니다. 결국에는 만화를 읽는 것이 고통이 되어버렸죠. 저는 만화 비평에 관한 의뢰를 점점 거절하기 시작했는데, 프로 라이터로서는 자살행위에 가까운 일이었습니다.

만화 원작을 포함해 작품을 만드는 일에 관해서 저는 지금도 높은 관심을 가지고 있습니다. 하지만 적어도 1990년대에는 제가 생각하는 만화 원작(만화 프로듀스)의 방법이 거의 받아들여지지 않았습니다. 당시는 글로 쓰인 시나리오 원작이 주류였는데, 저는 네임(그림 콘티) 단계까지 개입하려 했거든요.

요즘에도 만화가와 원작자 사이의 다툼을 흔히 볼 수 있습니다. 보통 공동제작을 하면서 가장 중요한 '그 작품의 감독은 누구인가'라는 문제를 확실히 하지 않고 시작했기 때문이죠. 영화와는 달리 원작이 있는 만화는 오랜 시간, 그 작품의 감독이 누구인가(원작자인가, 만화가인가) 하는 부분이 분명하게 정해져 있지 않았습니다.

2000년대에 들어서《데스노트》가 커다란 인기를 얻게 된 이후 원작자가 콘티를 그리는 '네임 원작'이 만화 원작의 주류가 되었습니다만, 1990년대에는 네임이 그림을 그리는 만화가의 일이었기에 원작자가 네임에까지 관여하는 것은 월권 행위였습니다. 거기에 개입할 수 없다는 불만 때문에 저는 만화 원작자로서는 거의 폐업해버리고 말았죠. 제게 있어서 만화 원작이란 네임에까지 원작자가 손을 대는 것이기 때문이었습니다. 이런 경우는 만화 원작자가 아니라 '만화 감독'이라고 불러야 할지도 모르겠습니다. ▶

° 원작 오바 쓰구미, 그림 오바타 다케시. 2003년부터 2006년까지 주간《소년점프》에 연재되었다.

마흔부터 일이 줄어드는 이유, 두 번째

◯

　　　　　　　　지금부터는 ② 담당 편집자가 연하가
되는 문제에 대해 이야기해보겠습니다. 이는 어떤 의미에서 ①보
다 더 심각한 문제입니다. ①은 저의 고집이라고 해버리면 그만
이지만 ②는 생물학적인 문제이기에 어찌해볼 도리가 없기 때
문입니다.

　제가 아직 20대였을 때, 당시 55세쯤 되었던 프리 사진작가
B씨와 몇 번 일한 적이 있었습니다. 유명한 사진작가쯤 되면
이름만으로도 일이 들어오는 '선생님'도 있습니다만, B씨는 잡
지 편집부의 주문에 따라서 어떤 사진이든 찍는 무명의 프로
사진작가였습니다. 제게도 고분고분해서 "B씨, 다음은 저 위치
에서 저 건물을 찍어주세요"라고 말하면 "네" 하며 삼각대를
들고 달려가던 사람이었죠. 아주 좋은 사람이었지만, 나이 어
린 제가 아버지뻘 되는 사진작가에게 이래라저래라 주문하기
가 약간 거북했던 기억이 납니다.

　주위 편집자도 20~30대가 대부분이고 40대가 되면 편집장

이 되는 사람도 하나둘 나오기 시작합니다. 편집장은 관리직이기 때문에 기본적으로 현장에서 프리와 접촉하는 경우는 없습니다. 55세인 B씨는 일반적으로 자신의 자식뻘인 담당 편집자와 일을 하게 되죠. 상당한 대가이거나 혹은 '동물 사진'처럼 특수한 전문영역이 있다면 모르겠지만, B씨처럼 자신의 아버지뻘 되는 '무명 사진작가'에게 자기가 먼저 일을 의뢰해야겠다고 생각하는 젊은 편집자는 거의 없습니다.

그런데도 B씨에게 일이 있었던 건 어째서일까요? 그건 그 잡지의 편집장, 혹은 그 이상으로 출세한 출판국장 등과 젊었을 때 함께 일하며 친구가 되었기 때문입니다.

'높은 양반'과 사이가 좋으면 편집회의 때 윗사람이 "이 기획은 누구에게 사진을 부탁하지? 그래, 맞아. B라면 솜씨 좋고 일도 빨라. 이봐, B에게 연락해"라고 말할 가능성이 높습니다. 담당 편집자는 내심 '또 B씨야? 마음이 무겁군' 하고 생각하더라도 상사의 지시이기에 거스를 수 없습니다. 업계에서 프리로 오래 일할 수 있는 사람은 대부분 다음 두 가지 중 하나입니다. ●

① 특별한 재능(혹은 전문영역)을 가지고 있어서 다른 사람으로는 대신할 수 없는 '선생님'이 된 사람.
② 커리어가 있어서 출판사의 윗사람과 친구인 사람.

참된 의미에서의 프로 작가란

유명 만화가 우라사와 나오키 씨의 대표작 가운데 《YAWARA!》(1986~1993)라는 작품이 있습니다. 미소녀가 유도선수가 되어 올림픽에 나가는 스포츠 만화입니다. 우라사와 씨는 원래 남성적이고 하드보일드한 액션과 색다른 취향의 스토리물로 데뷔한 만화가로 여성, 특히 미소녀를 그리는 것은 서툴렀다고 합니다. 하지만 그가 《YAWARA!》를 그린 1980년대 후반은 남성지에서의 '미소녀물'이 전성기를 누리기 시작하던 때였습니다. 우라사와 씨는 히트작을 만들기 위해 의식적으로 별로 좋아하지 않았던 '미소녀'를 주인공으로 삼았죠.

아니나 다를까 《YAWARA!》는 애니메이션화되어 대히트를 쳤습니다. 우라사와 씨는 그때를 돌이켜보고 "내게 있어서 《YAWARA!》는 최대의 실험작이었다"고 말한 바 있습니다. 내키지 않는 미소녀물 따위, 애초부터 그에게는 그릴 마음이 없었기 때문이었습니다. 그러나 독자에게 인기를 얻을 것이 확실한 미소녀물에 그는 굳이 도전하여 성공을 거두었습니다.

《YAWARA!》의 일대 히트는 우라사와 나오키를 잘 팔리는 작가로 키워주었죠.

그다음으로 그는 《HAPPY!》(1993~1999)라는, 역시 미소녀가 주인공인 테니스 만화를 연재해서 인기를 탄탄하게 다진 뒤, 승부작으로 전혀 다른 작품인 사이코 스릴러물 《MONSTER》(1994~2001)를 연재해 역시 엄청난 성공을 거뒀죠.

사실 우라사와 씨는 데뷔 직후부터 《MONSTER》와 같은 작품을 그리고 싶었다고 합니다. 그러나 《MONSTER》는 복잡한 심리 서스펜스로 신인이 그리면 마이너 작품으로 매장당할 위험이 있었습니다. 그랬기에 그는 우선 '전략적으로' 인기를 노리고 《YAWARA!》를 그려 성공 실적을 쌓으며 '그리고 싶은 작품을 그릴 수 있는' 작가로 자신을 단련시킨 것입니다. 누구나 하는 생각이지만 실현하기는 매우 어려운 일이죠. 저는 그렇게까지 상업작가로서 전략을 세워 실행에 옮기고 성공을 거둔 작가를 본 적이 없습니다. 작가는 자칫 '내가 그리고 싶은 것을 그리겠다!'고 생각하기 쉬우나, 프로로 성공하기 위해서는 자신이 좋아하지 않는 것이라도 그릴 수밖에 없는 경우가 있는 법입니다. 예술가 기질을 가진 작가와 프로 작가는 다릅니다. 저는 우라사와 씨야말로 진짜 프로 작가라고 생각합니다. ◆

좁은 방으로의 고난도 이사

중년기로 접어든 제게 처음으로 최악의 상황이 찾아온 것은 마흔세 살 때였습니다. 이 무렵 '만화 소개문' 의뢰를 계속해서 거절한 탓도 있어서, 일이 거의 끊겨버리고 말았습니다. 저처럼 '자신이 싫어하는 일은 하고 싶어하지 않는' 스타일의 프리랜서는 중년이 되면 가장 먼저 일감이 떨어져버립니다(쓰즈키 교이치 씨 같은 예외도 있지만요. 8장에서 소개하겠습니다). 그야말로 자업자득이었죠.

프리로 살아남기 위해 가장 중요한 것은, 어떤 일로 성공을 거두었을 때, 이후부터 이어지는 '자신의 재탕'을 견뎌야 한다는 점입니다. 재탕, 삼탕을 천연덕스럽게 할 수 있어야 하고, 그러면서도 (이게 어려운 부분입니다만) '매너리즘에 빠졌다'고 독자가 느끼지 못하도록 하는 것이 중요합니다.

설령 재탕이라 할지라도 거기에 어떤 새로운 아이디어, 플러스알파가 더해지면 매너리즘에 빠졌다고 여겨지지 않습니다. 물론 패턴이라고 할 수 있는 부분은 그 작가의 '개성'으로 팬들이

'기다리고 있었습니다!' 하고 받아들이는 요소가 되기도 합니다. 만담가가 한 가지 고전 만담을 일평생 계속하는 것과 같은 경우죠. 뛰어난 만담가는 설령 같은 제목의 공연이라 할지라도 서두에 시사적인 내용을 삽입하는 등 이야기가 신선하게 들리도록 끊임없이 노력하는 법입니다. 계속해서 공부하지 않으면 불가능한 일이죠.

프리에게 있어서 40대는 자신의 '매너리즘'과의 싸움이라고 말할 수 있을지도 모르겠습니다. 작가를 포함한 프리랜서는 두 가지 유형으로 나눌 수 있다고 생각합니다. 한 가지 패턴의 일을 언제까지고 계속해서 할 수 있는 '장인형'과, 늘 새로운 테마나 수법을 개척하려 하는 '예술가형'입니다. 물론 어느 유형에나 공부와 연구가 필요합니다.

안타깝게도 저는 장인형이 아닙니다. 군이 말하자면 예술가형입니다만, 예술적 재능이 부족한 예술가형이죠. 새로운 아이디어가 떠오르기는 하지만, 그것을 형상화하기 위해서는 새로운 공부가 필요한데 그 공부의 단계에서 바로 기세가 꺾여버리고 마는, 글러먹은 인간입니다.

마흔두 살 때부터 일이 눈에 띄게 줄었습니다. '만화 소개문'에 대한 의뢰도 계속 거절하기만 하면 일이 완전히 끊길 것 같아 부탁이 들어오면 어쩔 수 없이 해오고 있었습니다만, 그것도 지난 2년 가까이나 이런저런 핑계를 대며 거절해왔기 때문에 일 자체가 그다지 들어오지 않게 된 상태였죠.

결혼생활 중이던 저는 마흔 살 때 마치다에 있는 단독주택을 빌렸습니다. 책이 집 안을 점령하고 있어서 방 두 칸으로는 수납 공간이 너무 부족했기 때문이었습니다. 도쿄 외곽에 있는 마치다 역에서 버스로 다시 15분(도보로는 40분)이나 걸리는 벽지에 집을 빌린 것은 오로지 집세 때문이었죠. 이사할 때 가지고 간 책이 250상자나 되었습니다.

그때까지 20년 이상이나 돈이 있으면 전부 써버리고 없으면 없는 대로 그냥 참는 무계획적인 생활을 해왔기에 가계부 같은 건 당연히 쓰지 않았습니다. 원래대로 하자면 개인사업자로 녹색신고라도 했으면 상당한 절세를 할 수 있었을 테지만, 녹색은 귀찮아서 끝끝내 백색신고°로 밀어붙였습니다.

저는 운전면허가 없었기 때문에 차량에 비용이 들지는 않았지만 책이나 비디오, LD(당시 DVD는 아직 없었습니다)의 숫자가 늘어나면 수납을 위해 넓은 방으로 이사하곤 했습니다. 당연히 집세도 올라갔습니다. 기치조지의 76㎡짜리 낡은 아파트에 살았을 때 집세는 20만 엔이었습니다. 마치다에서 빌린 단독주

° 녹색신고는 소득세, 백색신고는 법인세를 지칭하는 속칭이다.

택은 지금까지 살았던 집 중에서 가장 넓은 110㎡였지만 집세는 13만 엔이었죠. 그만큼 불편한 곳에 집을 마련한 겁니다.

마치다의 집에서는 방 하나를 서고로 삼았고(도서관처럼 방 중앙에도 책장을 세웠죠), 그 외에도 방과 복도 등 모든 벽에 책장을 설치해서 책을 빽빽하게 수납했습니다. 이혼 후 널따란 집에 홀로 남겨졌을 때, 수입도 줄었기 때문에 저는 진지하게 생활의 다운사이징을 결의했습니다.

헌책 장수 부르기를 20~30회. 아마도 150만 엔 정도의 책을 판 듯합니다. 헌책은 북오프처럼 새로 등장한 중고서점에 팔아서는 안 됩니다. 한 권 한 권 감정해서 제대로 된 가격을 매겨주는 오래된 헌책방에 파는 것이 요령입니다. 이런 헌책방에서는, 책이 많은 경우에는 차를 끌고 와서 가져가기도 합니다.

10㎡의 방 안을 가득 메웠던 책이 가슴 정도의 높이가 될 정도로 책을 판 것 같습니다. 이런 과정을 거쳐 마흔네 살 때, 오다큐 사가미하라의 40년 된 낡디낡은 아파트(거실이 딸린 방 두 칸짜리)로 이사했습니다. 집세는 7만 엔이었죠. 마치다의 13만 엔짜리 집에서 살기 시작한 지 4년 만이었습니다. 넓은 집으로 이사하는 것보다 좁은 집으로 이사하는 것이 어렵다는 사실을 실감했죠. 집이 넓으면 넓을수록 가재도구가 늘어나는 법이니까요. ★

몹쓸 생각까지 하게 하는 가난

▷

오다큐 사가미하라로 이사한 어느 날, 저금은 완전히 바닥났고 지갑에도 겨우 몇 천 엔밖에 남아 있지 않아서 깊은 밤까지 괴로워하며 '차라리 도둑질을 할까' 하는 생각까지 한 적이 있었습니다. 이런 경우 보통은 출판사에 기획서를 들고 가볼까, 부모나 친구에게 울며 매달려볼까 하고 생각하는 법이지만 그때는 정말 정신적으로 황폐한 상태였죠. '순간 나쁜 마음이 들었다'는 건 이런 경우를 두고 하는 말인 듯합니다. 그때까지 잡지사로부터 기획 세 개 정도를 퇴짜 맞은 것도 원인 중 하나였을 테고요.

인터넷에는 아슬아슬하게 불법을 면하거나, 아예 완전히 불법적인 정보가 실려 있는 사이트들이 적지 않습니다. 대부분은 흥미 삼아 읽을 뿐이지만, 이때만은 진지하게 찾아 읽었습니다. 가능한 한 타인에게 피해를 끼치지 않는, 평화적인 도둑질은 없을까 사이트를 뒤지다가 '자동판매기의 동전을 빼내는 방법'이라는 기사에 눈길이 멎었죠.

자세히 쓴다는 건 어폐가 있기에 구체적으로 말하진 않겠지만, 어떤 방법을 쓰면 자동판매기의 동전이 슬롯머신처럼 자르르 쏟아져 나온다는 내용이 당당하게 적혀 있었습니다. '사실일까?' 싶었으나, 마침 저는 필요한 도구도 가지고 있었고 명백한 범죄이기는 하지만 사람을 상대로 한 건 아니니, 심야에 사람들 눈에 잘 띄지 않는 자동판매기를 노리면 괜찮으리라 생각했습니다.

　큰길가는 피해서 가능한 한 사람들의 눈에 띄지 않는 뒷골목의 자동판매기를 시험 대상으로 삼기로 했습니다. 고등학교 시절, 야한 책을 파는 자동판매기에서 책을 구입한 이후의 첫 두근거림이었습니다.

　결론을 말하자면, 인터넷의 정보는 가짜였습니다. 몇 번을 해봐도 자동판매기에서는 한 푼도 나오지 않았습니다. 저는 쓴웃음을 지으며 집으로 돌아왔습니다.

　이튿날 저는 어떻게 했을까요. 전당포에 디지털카메라를 저당 잡히고, 배낭 가득 넣은 책을 헌책방에서 수천 엔에 팔아 발등의 불을 껐습니다. 예전부터 돈이 떨어지면 저는 그렇게 해서 살아왔었습니다. 설마 마흔이 넘어서도 그런 짓을 할 줄은 꿈에도 생각지 못했습니다만.

　저와 같은 프리랜서 친구 하나는 생활이 어려워지면 제약회사의 인체실험 아르바이트를 하고 있었습니다. 정확히는 치험 (治驗)이라고 하는데 아르바이트가 아니라 자원봉사이고 받는 돈도 사례금이라고 부릅니다. 약의 종류에 따라서는 아주 좋은 금액을 받는 경우도 있다고 합니다.

어느 날, 그 친구가 평소와 다름없이 치험의 순서를 기다리고 있는데 앞에 있던 사람이 약을 투여받자마자 갑자기 괴성을 지르며 펄쩍 뛰어오른 일이 있었다고 합니다. 그걸 보고 친구는 치험을 받지 않고 말없이 발걸음을 돌렸다죠. 역시 돈을 버는 것은 쉬운 일이 아닙니다. ▶

소비자금융에서 돈을 마구 빌리다

◯

　　　　　　　이 책을 쓰고 있는 지금은 거의 외출을 하지 않는 생활을 하고 있습니다. 외출을 하지 않기에 돈을 쓸 일도 없습니다. 무엇보다 매일같이 사던 책과 잡지를 거의 사지 않게 되었습니다. 이는 20~30대의 저로서는 생각할 수도 없었던 생활의 변화입니다. 특히 저는 잡지를 아주 많이 구입했었는데, 이제는 사지 않게 되었죠.

　아직 일거리가 풍부했던 1990년대에 저는 신용카드를 만들었습니다. 프리랜서는 심사에서 퇴짜를 맞는다고 들었기에 심사가 허술하다는 소문이 있는 모 회사의 카드를 만들었습니다. 그때는 아직 버블경제의 여파도 있었기에 단번에 심사를 통과할 수 있었죠.

　40대가 되어 일이 줄어들기 시작했을 무렵, 저는 처음으로 신용카드 대출에 손을 댔습니다. 아직 생활의 다운사이징을 완료하지 못한 시기로 어쩔 수 없는 사정이 있었는데, 정신을 차리고 보니 몇 개월 만에 50만 엔이라는 대출 한도를 전부 써버리고 말았습니다.

일은 여전히 쥐꼬리만큼 들어왔고, 알고 지내던 대학교수가 힘을 써줘서 대학의 강사가 되기는 했으나 비상근이라 급료가 적어서 그것만으로는 도저히 생활할 수가 없었습니다.

견디지 못한 저는 경비원 아르바이트를 했습니다. 사람들에게는 말하지 않았는데 일하고 있는 저를 목격한 사람이 있었는지 인터넷에 '다케쿠마가 생활고로 경비원을 하고 있다'는 소문이 나돈 적도 있었습니다. 누군가가 물어보면 적당히 얼버무렸습니다만, 출판 불황이 더욱 심각해진 지금, 아르바이트를 하는 중년 프리랜서는 어렵지 않게 찾아볼 수 있습니다. 부부라면 당연히 맞벌이를 하고요. 단, 40대를 지난 남성의 경우 제대로 된 아르바이트 자리가 거의 없는 게 문제입니다. 힘든 육체노동이나 편의점 점원, 경비원 정도밖에 없죠.

결국 지금은 없어진 다케후지에서 대출받은 것을 시작으로 아코무, 프로미스, 호노보노레이크 등 소비자금융에서 차례차례 대출을 받기에 이르렀습니다. 당시의 이자는 한 회사당 29%나 되었으니 만만히 볼 수 없는 것이었죠. 얼마 지나지 않아서 '빚의 이자'를 빚으로 갚는 다중채무 상태에 빠지고 말았습니다.

다중채무를 지고 있는 사람과 마약중독자는 비슷한 점이 있는 것 같습니다. 마약중독자는 약기운이 떨어지는 금단증상을 피하기 위해서 어떻게 하면 마약을 손에 넣을까, 하루 종일 그 생각만 한다고 합니다. 다중채무자도 비슷합니다. 매일 변제에 대한 생각으로 머릿속이 가득 차죠. 채무는 이자뿐만 아니라 원금도 조금씩 갚아나가지 않으면 영원히 청산할 수 없는 법입니다. 이자가 29%나 되는데 네 군데고 다섯 군데고 빌린 경우에는 기껏해야 이자를 내는 게 한계입니다. 생활도 해나가야 하니까요.

일에서 뭔가 히트작이 나오는 것도 아니고, 사업을 일으키려 해도 자본이 없고, 애초부터 내게 회사를 경영할 능력이 있다고는 생각지 않았기에 마음은 점차 울적해질 뿐이었습니다. 그때, 지난날 경험해본 적 없었던 제 인생 최고의 위기가 찾아오고, 또 그것이 계기가 되어 빚을 변제하게 되는, 기묘한 사건이 일어났습니다. ●

뇌경색으로 쓰러지다

2006년 11월 30일, 저는 갑자기 왼쪽으로 쓰러졌습니다. 의식은 또렷하게 있었습니다. 정확히 말하자면 제가 살던 아파트 근처의 단골 오코노미야키 집에서 식사를 마치고 계산을 하려는 순간, 갑자기 몸에서 힘이 빠져 쓰러졌습니다.

"손님, 괜찮으세요?" 하고 점원이 물었습니다. 통증은 전혀 없었고 힘이 빠진 것은 한순간이었기에 저는 "괜찮아요"라고 답했습니다.

그런 다음 집으로 돌아왔는데 아파트의 입구에서 다시 한 번, 완전히 똑같은 상태로 쓰러졌습니다. 2, 3초 만에 일어났기에 이상하다고 생각하기는 했으나 그대로 엘리베이터를 타고 집으로 올라왔습니다. 집 현관문을 여는 순간 세 번째로 쓰러졌습니다. 통증은 없었으며 의식이 또렷했던 것도 마찬가지였습니다.

아무래도 이건 좀 이상하다. 어쩌면 뇌출혈의 초기 증상일지도 모르겠다는 예감이 들었습니다. 사실은 그 한 달 전에 저희 어머니가 뇌출혈로 세상을 떠나셨습니다. 어머니는 자택의 부엌에서 의식을 잃고 쓰러져 바로 구급차로 옮겨졌으나 끝내 의식을 회복하지 못한 채 돌아가시고 말았습니다.

가장 먼저 본가의 아버지께 전화를 건 다음, 119에 연락했습니다. 구급차로 옮겨진 병원에서 MRI 검사를 받았는데 소뇌에 뇌경색이 일어났다는 진단을 받았습니다. 역시 제가 생각한 대로였습니다. 의사는 "조기에 발견해서 다행입니다. 이 정도라면 후유증 없이 한 달이면 퇴원할 수 있습니다"라고 했죠. 안도의 한숨과 함께 가슴을 쓸어내린 저는 근무하고 있던 대학에 전화를 걸어 뇌경색 진단이 나왔기에 한 달 동안 입원해야 한다고 알렸습니다.

소뇌에 경색이 생겨서 몸의 균형을 잡지 못하고 쓰러졌던 거였죠. 대뇌에도 몇 군데 경색의 흔적이 있었지만, 다행히 치명적인 부위들은 아니었습니다. 오랫동안 불규칙한 생활을 해온 탓이 컸을 겁니다.

처음으로 큰 병에 걸려 입원한 것이지만, 병원에서의 생활은 쾌적했습니다. 뇌세포에는 통증을 느끼는 신경이 없기 때문에 감각적으로는 평소와 전혀 다를 바 없었습니다. 무엇보다 몸에 마비가 없어서 정말 다행이라고 생각했죠.

보름쯤 뒤면 퇴원 예정이던 어느 날, 주치의가 "검사로, 뇌혈관 사진을 촬영해야 하니 승낙서를 써달라"고 했습니다. 검사라면서 무슨 승낙? 이상하게 생각하는 제게 의사는 "뇌혈관에 조영제를 주사해야 합니다. 아주 드문 경우이긴 하지만 천에 한둘 정도 뇌경색이 악화되는 경우도 있거든요"라고 말했습니다. 그래도 망설이자 의사는 "다케쿠마 씨의 경우는 혈당치도 정상이고 뇌경색의 원인이 될 만한 점을 찾을 수가 없습니다. 아마도 뇌혈관에 막히기 쉬운 이상이 있는 것으로 추정하고 있어요. 조영제에 약간의 위험은 있지만 웬만해서는 쉽게 악화되지 않으니 괜찮을 겁니다."

주치의가 이렇게 말하는데 '거절하겠습니다'라고 말할 수 있는 환자는 거의 없을 겁니다. "그렇습니까? 그럼, 잘 부탁드립니다" 하고 승낙서를 써주었죠. 설마 제가 천 명 중 한두 명에 해당하리라고는 꿈에도 생각지 못했습니다. ◆

읽고 쓸 수만 있다면

의식이 되돌아온 것은 며칠 뒤였습니다. 의식이 혼탁해서 여기가 어디인지, 무슨 일이 일어났던 것인지, 바로는 알 수 없었습니다.

옆에서 걱정스러운 표정으로 지켜보고 있던 아버지가 "괜찮으냐?"고 물으셨습니다. 저는 "괜찮다"고 말하고 몸을 일으키려 했으나 사지가 병원 침대에 묶여 있었습니다. 간신히 기억을 떠올려보니, 전신마취 이후 허벅지의 동맥에 카테터를 넣어 심장을 지나 목의 동맥으로 뇌혈관에 조영제를 주입하는 큰 검사를 받았던 것이 생각났죠.

"꼬박 사흘 동안 눈을 뜨지 않아 걱정했었다."

아버지 말씀에 의하면, 카테터를 삽입해서 조영제를 주입하고 검사가 끝난 뒤 저는 병실로 옮겨졌다고 합니다. 의사는 "일고여덟 시간쯤 지나면 눈을 뜰 겁니다"라고 했다고 하고요. 그런데 열 시간이 지나도 눈을 뜨지 않기에 아버지가 의사에게 물었더니 의사는 "열 시간 후에도 눈을 뜨지 않는 경우도 있습니다"라고 했답니다. 아버지는 그대로 병실의 제 옆에 붙어 계셨는데 스무 시간이 지난 다음 날 아침까지도 눈을 뜨지 않아 너무 걱정이 돼서 다시 상태를 알렸더니 이번에는 의사도 안색이 바뀌었다고 합니다. 저는 의식불명인 채 MRI 검사를 받았는데 뇌경색이 악화되어 소뇌의 절반이 괴사한 결과가 나왔습니다. '거의 일어나지 않는다'던 그 위험이 실제로 발생한 거였죠.

저는 후두부의 두개골을 절개해서 고인 혈액을 제거하는 대수술을 받았고, 기적적으로 목숨을 건졌습니다. 그러나 소뇌의 절반이 죽어버렸기 때문에 일어설 수도 걸을 수도 없었습니다. 제게 조영제 검사를 권했던 의사가 침대에서 움직이지 못하고 있는 저를 보고 말했습니다.

"운이 나빴습니다."

이 책을 읽고 계신 독자분께 제 경험에서 우러나온 조언을 해드리자면 이렇습니다.

병원에서 승낙서를 쓰라고 할 경우, 그것이 치료를 위해 반드시 필요한 수술인지, 아니면 하지 않아도 되는 검사 때문인지 꼼꼼히 확인할 필요가 있습니다. 그리고 하지 않아도 치료에는 지장이 없는 검사라면 단호하게 거부하거나, 혹은 다른 의사의 의견을 요구해서 신중하게 생각해보는 것이 좋습니다.

저는 아버지에게 제 노트북을 가져다달라고 부탁했습니다.

발음이 꽤 이상했지만, 그보다는 글을 읽고 쓰는 게 가능할지가 더 걱정이었죠. 어떤 책에서 뇌경색이 발생한 뇌의 부위에 따라서는 지능에 장애가 없어도 글을 읽지 못하거나 쓸 수 없는 증상이 나타날 수도 있다고 읽은 기억이 났거든요.

아버지가 가져다준 노트북 전원을 켜고, 아직 눈의 초점도 잘 맞지 않아 키보드에 얼굴을 바짝 들이민 채로 글자를 쳐보았습니다. 아마 '이 정도로는 쓰러지지 않아'라고 썼을 겁니다. 세 줄 정도의 글을 입력하는 데 한 시간 정도 걸린 것 같습니다. 써놓은 글이 의미가 통하는 문장이라는 걸 확인하고는 진심으로 마음이 놓였습니다. 읽고 쓰기만 가능하다면 일은 할 수 있으니까요. 글을 읽고 쓸 수만 있다면 저는 남은 인생을 휠체어에서 생활하게 되어도 상관없다고 생각했습니다. ★

빚을 청산하다

▷

　　　　　　　　　마지막으로 뇌경색을 계기로 일어난 조그만 '기적'을 소개하겠습니다. 앞서 이야기한 저의 빚 지옥의 결말입니다.

　뇌경색으로 쓰러졌을 때 제게는 다케후지, 아코무, 프로미스, 호노보노레이크 네 개 사에 대출금이 있었습니다. 각각 50만 엔씩이었으니, 200만 엔. 아니, 신용카드 대출금(이자 19%)까지 더하면 다섯 개 사에 250만 엔입니다. 다달이 나가는 이자만 해도 수십만 엔이었죠.

　일반적으로 빚은 300만 엔에서 400만 엔 사이가 가장 힘들다고 합니다. 소비자금융업자들도 그 사실을 잘 알고 있기에 평범한 샐러리맨의 경우 대략 다섯 개 사 정도에서 돈을 빌리면 그 이상은 타사에도 정보가 공유되어 돈을 빌려주지 않습니다. 제 경우는 무직자와 다를 바 없는 프리랜서였기에 그 이상 돈을 빌리려면 사채에 손을 내밀 수밖에 없었습니다. 이자가 200%네, 열흘에 3할이네 하는 무시무시한 세계입니다.

저는 개인파산을 진지하게 생각하기 시작했습니다. 빚 때문에 고민인 분들은 알고 계시겠지만 모르시는 분들을 위해서 이야기해보자면, 빚으로 꼼짝달싹하지 못하게 된 사람에게는 기사회생의 필살기가 있는데 바로 개인파산입니다. 개인파산을 재판소에 신청해서 인정받으면 모든 빚은 탕감되고 가혹한 독촉도 딱 멈추게 됩니다.

개인파산을 하면 파산 후 10년 동안 대출을 받을 수 없고, 집과 자동차 등도 처분해야 하며, 관보에 이름이 기재되는 등의 불이익이 있습니다. 저는 처자식도 없고, 집이나 자동차 같은 재산도 없고, 남들의 시선을 의식할 필요도 없는 프리랜서였기에 어떤 의미에서 마음은 편했습니다. 빌릴 수 있을 때까지 빌렸다가 갚을 수 없게 되면 개인파산을 해버리겠다고 남몰래 생각하고 있었죠(참고로 이런 악질적인 사람들의 경우, 파산 신청이 인정받지 못할 수도 있습니다).

뇌경색으로 사선을 넘나들다 의식을 회복한 후, 저는 목숨을 건졌다는 기쁨 때문에 빚에 대한 고민을 한동안 잊고 있었습니다. 매월 병원의 ATM에서 이자만 갚아가고 있었는데 어머니가 살아 계실 때 반강제적으로 생명보험(입원 특약 포함)을 세 개나 들어두었기 때문에 수술비와 입원비는 나올 것이고, 나머지 돈으로 하나 정도의 빚은 완전 변제할 수 있으리라 짐작하고 있었습니다.

그런데 결과적으로 병이 병이었던 만큼 보험이 최대한도까지 인정을 받아 입원비와 수술비를 전부 내고도 150만 엔 가까운 현금이 남았습니다. 그것으로 소비자금융 네 개 사 가운데 세 개 사에 전액을 변제할 수 있었습니다. 저는 돌아가신 어머니와는 사이가 별로 좋지 않았지만, 이때만큼은 저를 강제로 보험에 들게 하고 보험료까지 내주신 어머니가 정말 고마웠죠. ▶

2장

‘좋아하는 것’을
관철한 대가,
도미사와 아키히토

도미사와 아키히토(とみさわ昭人)

1961년 도쿄 출생. 진보초에서 특수 고서점 마니타 서점을 경영하는 한편, 라이터로 서평, 영화평, 게임 시나리오, 만화 원작 등 다양한 분야에서 집필 활동을 하고 있다. 진기한 가요곡 레코드 콜렉터로 텔레비전과 라디오에 종종 출연하기도 한다. 저서로는 《무진장! 메이저리그 카드의 세계》, 《식인 영화제》, 《무한한 책장》 등이 있다.

취미를 직업으로 삼을 수 있었던 시대

◯

　　　　　　　　　도미사와 아키히토 씨는 프리라이터이면서 게임 디자이너, 영화평론가 그리고 고서점의 사장이기도 합니다. 1961년 도쿄 출생이죠. 저도 1960년에 태어났으니 그야말로 같은 세대입니다.

　이 책을 만들기 위해 같은 세대의 프리랜서들을 많이 만났습니다만, 아마도 도미사와 씨가 저와 가장 비슷한 경력을 가지고 있을 겁니다. 저는《마천루》라는 취미 동인지(미니코미)의 편집·집필로 업계에 들어오게 되었는데, 도미사와 씨도《착한 아이의 가요곡》이라는, 지금은 전설이 된 가요 아이돌 동인지를 통해서 라이터가 되었죠.

　나중에 소개할 스기모리 마사타케 씨도 학생 동인지 출신입니다. 1980년대 초반에 대학생을 중심으로 공전의 동인지 붐이 일었는데, 지금의 인터넷 블로그나 SNS 같은 역할을 했죠. 지금도 인기 블로거나 인기 SNS 사용자 가운데 방송에 진출해서 유명인이 된 사람들이 있습니다만, 1980년대에는 동인지에서 업계로 들어가는 패턴이 흔했습니다.

'오타쿠'라는 말은 1983년에, 역시 동인지 출신자인 나카모리 아키오 씨가 명명한 것입니다. 그 이전까지는 애니메이션이나 만화, 아이돌 등에 열중하는 젊은이를 단지 '마니아'라고 불렀죠. 1970년대부터 1980년대는 그야말로 오타쿠의 요람기였다고 할 수 있습니다. 애니메이션, 만화, 아이돌, 게임 등 극도로 취미적인 분야를 애호하는 것을 생활의 중심에 두는 젊은이들이 이 시기에 대량으로 발생한 배경에는, 역시 패전 후의 고도경제성장과 버블경제의 활성화가 있었다고 할 수 있습니다. 어쨌든 경기가 좋았기에 회사에 취직하는 것도 지금에 비하면 훨씬 쉬웠고, 보수가 괜찮은 아르바이트도 허다했죠. 그 시대에 청춘을 지나온 저희 세대는 아무런 의문도 품지 않고, 성인이 되어서도 만화나 애니메이션을 졸업하지 못한 채 자신의 '취미'에 열중했습니다. 그런 사람들 가운데 취미를 직업으로 삼는, 저나 도미사와 씨 같은 '프로 오타쿠'가 출현하기 시작한 거죠.

"저는 원래 만화가가 되고 싶었습니다. 동경하던 사람은 모치즈키 미키야° 선생님입니다. 모치즈키 선생님은 너무 뛰어나서

° 1969~1979년 주간 만화잡지 《소년 킹》에 연재했던 〈와일드세븐〉으로 한 시대를 풍미했던 일본의 저명한 만화가.

제 역량으로는 도저히 따라갈 수 없었습니다. 열심히 모사를 해도 저만의 그림은 그릴 수가 없었습니다. 그 무렵에 고이케 게이이치 씨가 사상 최연소로 데즈카 오사무 상을 수상했죠."

인터뷰를 시작하자마자 도미사와 씨는 이렇게 말했습니다. 저희 세대 때는 만화가가 프로야구 선수만큼이나 초등학생에게 인기 있는 직업이었습니다. 고이케 게이이치 씨는 1976년 고등학교 1학년(16세) 때 《소년점프》의 데즈카 오사무 상을 수상해서 '천재 소년'으로 화제가 되었던 만화가입니다. 당시 도미사와 씨는 고이케 씨보다 한 살 어린 열다섯 살이었죠. 큰 충격을 받았다고 합니다. 만화가를 목표로 삼은 신인들은 대부분이 그렇습니다만, 반에서 만화를 가장 잘 그리기 때문에 자신이 천재가 아닐까 남몰래 자만하는 경향이 있거든요.

도미사와 씨도 데즈카 상 수상을 목표로 삼고 있었는데, 자신과 동년배인 천재 소년이 나타나서는, 자기는 도저히 그릴 수 없을 것 같은 그림과 아이디어로 꿈을 달성해버린 거죠. 도미사와 씨가 만화가가 되겠다는 꿈을 포기한 것은 여러 가지 의미에서 당해낼 수 없는 동세대가 존재한다는 사실을 확인했기 때문이었습니다. 이 부분은 제가 후지와라 가무이를 만나고 만화가를 포기한 경위와 비슷합니다.

도미사와 씨는 만화가에 대한 꿈을 포기하고 일러스트레이터를 목표로 삼았습니다. 고등학교 기계과에서 입체제도를 배워 도쿄 가마타에 있는 일본공학원전문학교에 진학했습니다. 전문학교를 졸업한 도미사와 씨는 다마치에 있는 도면제작 회사에 취직해서 오토바이 도면 등을 그렸습니다. 사내에서 가장 잘 그릴 자신이 있었다고 합니다.

　"그런데 아티스트로서의 자아를 제어하지 못해서…. 회사에서는 어쨌든 빨리 그리라고 했지만, 제게는 나름의 규칙이 있었기에 일이 늦었습니다. 그러는 동안 이 회사는 제가 있을 곳이 아니라고 느끼게 되었죠." ●

동인지에서 프리라이터의 길로

　　언젠가 회사를 그만두면 독립해서 일러스트레이터가 되겠다는 꿈을 꾸던 도미사와 씨. 그런데 이 시기에 그의 운명을 바꿀 동인지와 조우하게 됩니다.《착한 아이의 가요곡》과의 만남이었습니다. 가요곡도 매우 좋아했던 도미사와 씨는 동세대의 가요곡, 아이돌을 좋아하는 젊은이들이 편집해 일부 서점에서 판매하던 이 동인지의 재미에 푹 빠져서 지면 제작에 참여하기로 작심했죠. 1983년 무렵입니다.

　　"그때까지 글이라는 건 써본 적도 없었지만, 다른 사람의 글을 흉내 내가며《착한 아이의 가요곡》에 리뷰를 써서 투고했습니다."

　　도미사와 씨의 프리라이터로서의 발걸음은 이때부터 시작됩니다. 곧 투고만으로는 성에 차지 않아 제작진에 들어가게 되었습니다.

1980년대는 젊은이를 타깃으로 한 서브컬처 잡지, 비주얼 잡지의 황금시대였습니다. 학생 동인지도 백화요란°의 상태였는데 이들 동인지는 대략 상업지의 '2군' 같은 지위를 차지하고 있었습니다. 거기서 '1군(상업지)'으로 올라선 스타와도 같은 라이터와 디자이너, 편집자들이 속속 나타나던 시대가 바로 80년대였습니다.

학생 동인지와 젊은이를 타깃으로 한 상업지 사이에 포르노 잡지가 있었습니다. 앞서 이야기했던 자판기용 책자 같은 거죠. 1980년대 초의 포르노 잡지는 '알몸이 실려 있는 서브컬처 잡지'라고 할 수 있습니다. 지금의 《주간 플레이보이》에서 포르노 색을 전면에 부각시킨 느낌이라고 보면 얼추 비슷합니다.

당시의 포르노 잡지에는 '야하지 않은' 편집증적 기사나 유머 페이지가 상당 분량 담겨 있었습니다. 저도 그렇습니다만, 이런 잡지의 '야하지 않은 기사 페이지'를 편집하거나 라이터로 일하다가 《다카라지마》나 《주간 플레이보이》 등의 공식 무대로 진출하는 것이 1980년대 프리라이터의 전형적인 출세 패턴이었죠. 그 가운데서도 '유머러스한 글'을 쓰는 일에는 수요가 컸고요.

° 百花燎亂, '온갖 꽃이 불이 타오르듯 피어 매우 화려하다'는 뜻.

"샐러리맨으로 일하면서 《착한 아이의 가요곡》에 글을 쓰기 시작했을 무렵부터 제 마음속에는 이미 회사를 그만둬야겠다는 생각이 있었습니다. 그래서 사표를 내고 《착한 아이의 가요곡》 편집부에 틀어박혀 있었습니다. 그곳으로 출판계나 서브컬처 쪽의 여러 인맥들이 모여들었는데 맨 처음 일을 준 것은 고 마모루 씨(잡지 《리멤버》의 편집장)였습니다. 《더 싱글 음반 '50s~'80s 가요곡 원더랜드》(1984)라는 무크지의 일이었습니다. 동인지 이외의 첫 번째 일이었죠."

도미사와 씨가 작업했던 《더 싱글 음반》은 저도 분명히 기억하고 있습니다. 마침 그 무렵에 같은 출판사에서 저도 첫 번째 단행본인 《색단》 작업을 하고 있었으니까요. 군웅사출판은 1980년에 일반 유통코드를 취득한 이후부터, 포르노를 제작하면서도 한편으로는 일반 출판사로의 탈피를 모색했습니다. 음악 무크지인 《더 싱글 음반》은 군웅사출판으로서는 탈 포르노를 위한 출판물이었죠. 군웅사출판은 포르노 출판이 크게 성공을 거두면서 자본력을 갖추었지만 방만한 경영으로 곧 자금난에 시달리게 되었고, 포르노 이외의 일반서는 전혀 팔리지 않아 1983년 말에 도산하고 말았습니다.

"데뷔는 했습니다만, 월수입이 3만 엔 정도였습니다. 부모님과 살고 있었기에 그럭저럭 생활은 가능했지만요. 시간이 남아돌아서 패미콤°을 사 왔습니다. 그때가 1985년으로, 〈슈퍼마리오〉가 막 나왔을 무렵이었죠."

당시 도미사와 씨는《착한 아이의 가요곡》과 사이가 좋았던 동인지《도쿄 어른 클럽》의 편집부에도 얼굴을 내밀고 있었습니다. 후에《월간 아스키》의 편집장이 되는 엔도 사토루 씨가 발행인을 맡고 있었고 작가·칼럼니스트로 유명해진 나카모리 아키오 씨가 편집장이었죠. 그때는 동인지 붐의 완숙기로 디자인과 편집도 본격적이었고, 서점과 직거래 배본도 하고 있었습니다. 업계 잡지의 편집자였던 시이나 마코토 씨가 본업과는 별도로 자원봉사자 스태프를 모집해 편집하고 있던《책의 잡지》와 같은 스타일이었죠. 지금《책의 잡지》는 유통업자를 통해서 일반 서점에 유통되고 있지만, 원래는 일부 서점에서 직거래를 통해 판매하던 동인지였습니다.

"그러던 어느 날, 엔도 씨에게서 '패미콤에 대해서 잘 알아?'

° 패밀리 컴퓨터의 줄임말로 가정용 게임기를 말한다.

라며 전화가 와, 일을 소개시켜주더군요. 따라간 곳은 남성지 《스코라》의 편집부였습니다. 이 잡지는 일반 청년지였는데 당시 패미콤 붐이 일어났기에 게임 공략 페이지를 만들려고 했던 겁니다. 거기서 1년 정도 엔도 씨와 함께 연재하게 되었습니다. 스코라 사는 고단샤의 그룹사로 든든한 배경이 있었기에 순조롭게 일을 해나갈 수 있었죠."

공전의 패미콤 붐으로 전문지도 다수 등장하기 시작했습니다. 아스키의 《패미콤 통신》, 가도카와서점의 《필승 패미콤》, 도쿠마서점의 《패밀리컴퓨터 매거진》 등이 그런 잡지들이었죠. 아스키의 사원이었던 엔도 씨의 소개로 도미사와 씨도 이런 게임 잡지에 기사를 쓰게 되었습니다.

도미사와 씨의 회상에 따르면 초창기 게임라이터의 글 중에는 솔직히 유치한 것이 많았다고 합니다. 게임 기사가 분야로 확립되어 있지 않았고, 전문 라이터도 아직 없었기에 그저 게임을 좋아하는 사람을 데려와서 원고를 쓰게 했습니다. 그런데 도미사와 씨는 제대로 된 문장을 쓸 줄 알았기 때문에 잡지사로부터 귀한 대접을 받게 되었죠. 그에게 1980년대 말은 게임라이터로서 순조롭게 나아가던 시기였답니다. ◆

게임 제작의 세계로

　　　　　도미사와 씨는 게임업계에 인맥도
생겼습니다. 시작은《패미콤 통신》의 일로 다지리 사토시 씨와
알게 된 것입니다. 다지리 씨는 〈포켓몬스터〉 시리즈(1996~)의
게임디자이너로 유명합니다. 그도 처음에는 프리라이터였습니
다. 〈드래곤퀘스트〉(1986~)의 호리이 유지 씨도 그렇습니다만,
1980년대 말의 초기 패미콤 붐 무렵에는 프리라이터에서 게임
라이터가 되었다가, 이후 본격적인 게임크리에이터가 되는 길
이 열려 있었죠.

　저는 만화를 좋아했기에 만화 원작과 평론으로 나아갔습니
다만, 1980년대에 컴퓨터에 빠져 있었다면 컴퓨터 관련 기사
작성이나 게임라이터, 혹은 소프트웨어 제작자의 길로 나아갔
을 가능성도 매우 큽니다. 결국 처음 몇 년 동안에 어떤 인맥을
쌓느냐에 따라서 프리랜서의 진로는 결정되어버리고 마는 것
입니다.

"다지리 사토시를 만났을 당시는 그도 아직 프리라이터로, 게임 제작자로서는 아마추어였습니다. 어느 날, 시모기타자와에 있는 그의 게임프리크° 사무실에 놀러갔죠. 그때 그는 패미콤의 프로그램을 독자적으로 해석해서 게임을 개발하고 있었습니다. 게임프리크가 아직 회사가 아니라 서클이었던 무렵이었어요. 처음에는 게임 공략 동인지를 만들고 있었습니다. 그는 3년에 걸쳐서 〈퀸티〉(1989)라는 게임을 개발, 그것을 남코°° 에 팔았습니다. 그렇게 해서 몇 천만 엔이나 되는 돈을 벌었죠. 다지리와 의기투합한 저는 게임프리크로부터 출판에 관한 일을 받게 되었습니다. 게임프리크는 개발 자금을 모으기 위해서 게임 공략본을 자주 내고 있었으니까요. 얼마 후 저는 게임프리크의 일만 하게 되었고, 1991년에 입사를 결정했습니다. 출판부 주임으로 일했죠."

사실 저는 바로 이 시기에 도미사와 씨와 처음으로 만나 일을 하고 있었습니다. 《원숭이만화교실》의 아이하라 고지 군이 〈이데아의 날〉이라는 슈퍼패미콤의 게임디자인을 하게 되어,

---

° 일본의 게임 개발회사. 주식회사 포켓몬의 공동출자사 중 하나이며 〈포켓몬스터〉 시리즈가 대표작이다.

°° 일본의 게임 소프트웨어 개발 판매업체.

그 단행본(1994)을 함께 만든 겁니다. 저는 〈아이하라 고지-게임디자이너로 가는 길〉이라는 다큐멘터리를 담당했고, 도미사와 씨는 공략 페이지를 맡았죠.

아이하라 고지 군답게 〈이데아의 날〉의 아이디어와 시나리오는 재미있었습니다만, 프로그램에 버그가 많고 조작성이 아주 좋지 않았습니다. 저는 게임 제작에는 관여하지 않았지만, 친구로서 손에 익지 않은 게임 제작에 악전고투하는 아이하라 군을 지켜보며 만화와는 또 다른 세계의 어려움을 통감했습니다. 아무리 착상이 좋아도 그것을 프로그래밍하는 기술자의 기술과 센스에 따라서 게임의 완성도가 최종적으로 결정되어버리니까요. 아이하라 군은 세 종의 게임에 관여했는데, 디자인과 시나리오까지 담당한 것은 〈이데아의 날〉뿐이고, 그것을 마지막으로 게임업계에는 발을 들여놓지 않았습니다.

"게임 개발에서는 프로그래머와의 궁합이 매우 중요합니다. 우수한 프로그래머라고 해서 '좋은 프로그래머'라고 할 수는 없습니다. 마리오가 점프해서 공중에 떠 있을 때, 뜬 채로 방향 전환을 할 수 있지 않습니까? 그건 현실적으로는 있을 수 없는 일이지만 프로그래머가 그럴듯하게 거짓말을 해주기 때문에 재미있는 겁니다. 현실에 충실하게 만들어서는 재미가 없죠.

그런데 입사한 지 4년 정도 지나서 저는 다시 프리랜서로 돌아갑니다. 1995년 무렵이었던가? 나쁜 버릇이 재발했다고 해야 할지, 젊은 혈기 탓이라고 해야 할지, 그때는 소설을 쓰고 싶다고 생각했습니다. 회사에 얽매여 있어서는 바빠서 쓸 수 없으니 프리라이터로 일하며 소설을 준비하려고 했죠.

사실은 제가 게임프리크를 퇴사한 직후에 〈포켓몬스터〉가 발표되었습니다. 아시겠지만 공전의 대히트. 저는 글쟁이로 되돌아갈 생각이었지만, '게임프리크에 있었다!'는 사실 때문에 아스키로부터 게임 개발 의뢰를 받았습니다."

1990년대 후반, 도미사와 씨의 일에는 게임 제작자로서의 색채가 강해지게 됩니다. 그가 어째서 공전의 히트를 치기 직전에 게임프리크를 그만두었는가 하면, 놀랍게도 회사가 수년에 걸쳐서 개발하고 있던 게임 〈포켓몬스터〉의 완성도를 보고 '이건 히트 친다'고 예감했기 때문이라고 합니다. 보통은 그렇게 생각했다면 회사에 남는 게 정상이죠. 그런데도 그는 회사를 그만두었습니다.

"개발 단계에 있는 〈포켓몬스터〉를 보고 저는 히트를 확신했습니다. 그 정도로 재미있는 게임이었거든요. 그러니 이 회사에서 출판부를 맡고 있는 이상, 앞으로의 내 일이라는 건 '포켓몬의 광고맨' 일색이 되어버릴 것이라는 예감이 들었죠. 흘러가는 걸로 봐서는 틀림없이 그렇게 되었을 겁니다. 그건 자랑스러운 일일 테지만, 제 성격상 재미없는 일로 느껴졌어요. 크리에이터로서 같은 일을 계속하기는 싫었습니다."

1990년대 중반, 체감 경기는 아직 호조였습니다. 버블 붕괴는 1991년 2월이었지만, 시민생활에서 불경기를 실감할 수 있게 된 것은 1990년대 후반부터니까요. 저나 도미사와 씨가 일하고 있던 출판계, 특히 잡지의 판매 부수는 1997년이 절정이었습니다. 그때부터 조금씩 불경기를 실감할 수 있게 되었죠. 도미사와 씨가 게임프리크를 그만두고 프리랜서로 되돌아간 1995년 7월은 슈퍼패미콤의 절정기였고, 게임업계는 아직 전망이 밝았습니다.

"1995년, 프리랜서로 돌아간 순간, 아스키로부터 게임을 만들어줬으면 좋겠다는 의뢰를 받았습니다. 당시 아스키는 〈더비스타리온〉(1991)이라는 경마 게임의 커다란 성공으로 여유가 있어서였는지 상당한 금액을 책정했더군요. 몇 천만 엔 단위의 기획을 '도미사와 씨가 중심이 되어 만들어줬으면 한다'는 것이었습니다."

당시 도미사와 씨는 지바의 본가 근처로 이사했었는데, 아스키의 의뢰를 받아 도심에 있는 메이다이마에에 개인 사무실을 빌리고 어시스턴트도 고용했습니다. 그리고 1년 반에 걸쳐서 〈간푸루〉(1997)라는 게임을 만들었습니다.

"〈간푸루〉는 제가 원하던 것과는 달랐습니다. 프로그래머와의 커뮤니케이션이 원활하지 못했습니다. 원하던 것과는 달랐기에 저는 게임 완성 직전에 프로젝트에서 빠지기로 했습니다. 시작 화면에는 제 이름이 들어가 있지만요."

아니나 다를까 〈간푸루〉는 팔리지 않았습니다. 그러나 게임업계 사람으로 인지되어버린 도미사와 씨에게는 그 이후로도 여러 게임회사로부터 요청이 들어왔습니다. 게임회사를 그만두고 소설가로 독립할 생각이었던 도미사와 씨는, 문득 돌이켜보니 라이터가 아니라 프리 게임디자이너가 되어 있었습니다.

"이 일을 하던 중인 1997년에 결혼했습니다. 그리고 2000년 서른아홉 살에 아이가 생겼죠. 한데 임신 기간 중에 아내가 원발성 폐고혈압증이라는 난치병에 걸렸다는 사실을 알게 되었습니다. 임신 초기치고는 몸이 이상하다 싶어서 검사를 해봤더니 병이 있었던 겁니다. 40대 전반은 아내의 간병을 하면서 아이를 길렀는데, 동시에 게임디자이너와 라이터로서의 일도 서서히 줄어들어 힘든 시기를 보냈습니다. 그 무렵에는 처가에서 살고 있었는데 그야말로 '마흔의 벽'에 부딪힌 거였죠." ★

마흔의 벽 그리고 쉰의 벽

▷

　　　　　　　아내 병간호와 자녀 양육에다 일까지 조금씩 줄어들어 '마흔의 벽'에 부딪힌 도미사와 씨. 어려움에 빠진 그는 친정이었던 게임프리크에 도움의 손길을 요청합니다. 저도 경험이 있습니다만, 프리랜서가 진퇴양난에 빠지면 가장 의지가 되는 것은 같은 업계의 친구입니다.

　40~50대가 되면 젊은 시절에 인맥을 얼마나 만들어두었는지, 그 인맥 가운데 출세한 사람, 즉 '일을 줄 수 있는 입장'에 서 있는 사람이 얼마나 많은지로 '중년 프리랜서'의 생활은 결정된다고 해도 과언이 아닙니다.

　"게임프리크에 도움을 요청해서 저는 〈포켓몬스터 루비 사파이어〉의 시나리오를 쓰게 되었습니다. 이 일 덕분에 2년 정도 먹고살 수 있었습니다. 그 후에 계약사원이라는 형식으로 다시 게임프리크에 복직도 시켜주었습니다. 개인 사정으로 그만뒀었는데 다시 받아주었으니 감사하는 마음밖에 없었습니다. 다지리 사토시, 스기모리 겐, 마스다 준이치 등과 같은 창업 멤버에게는 정말 큰 도움을 받았습니다."

2002년 도미사와 씨는 게임프리크에 계약사원으로 복귀했습니다. 도미사와 씨는 '나는 마흔의 벽을 친구의 도움으로 극복할 수 있었다'고 말하는데, 이건 부끄러운 일이 아닙니다. 저도 경험이 있습니다. 그동안 쌓아온 커리어와 인맥 덕분이라고 달리 말할 수도 있겠죠.

도미사와 씨는 재입사한 게임프리크에서 6년 정도 재직했습니다. 이미 40대 중반이 되었고 처자도 생겼기에 예전의 '프리가 되고 싶은 병'은 사라진 상태였죠. 되돌아온 회사에는 '이제 출근하지 않아도 된다'는 말을 들을 때까지 들러붙어 있을 생각이었는데, 예상치 못했던 '벽'에 다시 한 번 부딪히게 됩니다.

"게임프리크에서 계약사원으로 신세를 지는 동안, 점점 제 입장이 묘해지기 시작했습니다. 게임 제작자로서 제가 노인이 되어가고 있다는 사실을 느끼게 된 거죠. 2000년대에 들어 게임프리크는 〈포켓몬스터〉의 커다란 인기로 게임업계 최대의 브랜드가 되어 있었습니다. 당연히 의욕으로 가득한 젊은이들이 속속 입사했죠. 어렸을 때부터 컴퓨터에 익숙한 세대로, 게임을 만들 수만 있다면 월급은 주지 않아도 일하겠습니다! 라는 정도의 기개를 가진 젊은이들이었습니다. 저는 계약사원이었으나 다지리 사장보다도 나이가 많고, 보수도 꽤 많이 받고 있었죠. 가장 큰 문제는, 제가 프로그래밍을 하지 못한다는 사실이었습니다. 그런데 새로 입사하는 젊은 사원들은 시나리오와 프로그램 양쪽 모두 가능하더군요. 그걸 보고 처음으로 나는 늙은 사원이구나, 하고 느꼈죠."

사내에서 가장 나이가 많았던 도미사와 씨에게는 또 중요한 일이 있었습니다. 의무는 아니었지만, 제작 현장의 불만을 상층부에 전달하는 역할을 자신이 하지 않으면 안 된다고 생각했던 거죠.

선참 간부사원이나 사장인 다지리 씨와도 오랜 친구였으니 현장과 회사 간부를 연결하는 역할을 자원한 셈인데, 결과적으로 자연스럽게 도미사와 씨는 다루기 어려운 사원이 되어버렸습니다.

2009년 8월, 도미사와 씨는 회사를 그만두었습니다. 마흔일곱 살 때의 일이었습니다. 병약한 아내의 몸은 더욱 약해져 있었고, 자녀도 성장했습니다. 상식적으로 생각하자면 이를 악물고서라도 회사에 남아야 했을 겁니다. 하지만 아무래도 스스로를 용납할 수가 없었던 모양입니다. 더는 젊지 않다. 경제의 거품도 빠졌다. 하지만 회사 자체의 경영은 순조롭다. 일반적으로 회사를 그만두면 아무런 득도 없습니다.

그러나 회사를 그만둔 도미사와 씨의 심리를 저는 잘 알고 있습니다. 저 역시 프리랜서로 살아온 사람이니까요. 회사 안에서의 갑갑하고 번거로운 인간관계 따위, 딱 질색입니다. 저도 그렇고 도미사와 씨도 그렇고, 프리랜서가 '될 수밖에 없어서 된' 사람인 거죠. 그 외의 삶, 특히 조직에 속한 삶에는 근본적으로 익숙해질 수 없는 부류인 겁니다. ▶

프리랜서가 '될 수밖에 없는' 사람의 삶

○

　　　　　　　　　게임프리크에서 두 번째로 물러났을 때, 출판계는 크게 변해 있었습니다. 우선 예전에 도미사와 씨의 주무대였던 게임 잡지가 거의 없어져버렸죠. 프리라이터로서 27년이라는 경력이 있었지만, 주위를 둘러보니 일할 수 있는 장소가 완전히 사라져버린 꼴이었습니다.

　다시 과거에 쌓았던 인맥에 의지할 수밖에 없었죠. 게임 〈모모타로 전철〉(1988~)을 만든 게임 작가 사쿠마 아키라 씨에게 일을 달라고 머리를 숙였습니다. 사쿠마 씨는 도미사와 씨에게 〈모모타로 전철〉의 신작 일부를 돕게 해주었고요. 이 일을 완수하면서 그는 다시 일에 대한 자신감을 회복할 수 있었습니다.

　그러나 게임 자체에 대한 인기는 식어 있었습니다. 더는 거금을 투자해줄 후원자가 나타나는 시대가 아니었습니다. 라이터로서 어떻게 새로운 일을 개척해야 할지 막막했죠. 앞서도 이야기한 것처럼 40세를 넘은 프리라이터가 목숨을 이어나갈 길은 한정되어 있습니다. 이미 초대형 베스트셀러를 가지고 있거나 혹은 다른 사람으로는 대체할 수 없는 전문분야를 가지고 있어서 그 길의 '선생'이 되는 수밖에 없습니다. 글자 그대로 대학교에 몸담는 진짜 선생이 되는 길도 있고요.

"틀림없이 나이를 먹으면 일을 의뢰하는 사람이 연하가 되어가기 때문에 '부리는 데 어려움'이 있을 겁니다. 제가 《패미콤 통신》에서 일할 때는 편집장과 동갑이었으니까요. 편집장과 동갑인 라이터라니, 틀림없이 부리기 어려웠을 겁니다."

도미사와 씨가 새로운 길을 개척할 수 있었던 것은 저처럼 블로그 덕분이었습니다. 블로그는 게임프리크 시절부터 시작했습니다. 그때까지의 전문분야와는 관계가 없는 영화 블로그였죠. 사실 도미사와 씨는 영화를 아주 좋아했는데, 그 가운데서도 특히 호러 영화의 열렬한 팬이었습니다.

그런데 신기하게도 영화 블로그를 운영하고 있었지만, 영화 라이터로 일한 적은 없었습니다. 이 점도 저와 비슷합니다. 저도 영화 보는 게 취미이기는 하지만 영화에 대한 글은 제 블로그나 트위터 이외에는 거의 발표한 적이 없습니다.

"완전히 취미로 시작했던 영화 블로그였습니다만(2007~),

2009년에 내용을 정리해서 《식인 영화제》라는 동인지로 만들어 즉석판매회에 내놓았습니다. 문학 프리마켓에요. 친구였던 데라다 가쓰야가 헐값에 일러스트를 그려주었죠. 600부쯤 팔았을 때, 다쓰미출판에서 책으로 만들자는 제의를 해왔습니다. 300편의 식인 영화를 소개하자는 내용이었습니다.(웃음) 이 책을 내고 난 뒤에 다시 프리라이터로 그럭저럭 일을 해나갈 수 있지 않을까 하는 느낌을 받았습니다."

책이 나오기는 했지만 도미사와 씨의 라이터 일은 궤도에 올랐다고는 할 수 없는 상태가 계속되었습니다. 그러던 중 2011년에 부인이 세상을 떠나고 말았습니다. 딸이 아직 초등학생인데 말이죠. 도미사와 씨는 망연자실했습니다. ●

고서점 개업

2012년, 도미사와 씨는 도쿄 진보초에 조그만 고서점을 개업했습니다. 진보초 교차로에서 하쿠산 도오리를 따라 스이도바시 방면으로 조금 걸어가다 보면 잡다한 가게가 들어서 있는 건물이 나오는데, 그곳 4층에 그의 서점인 '마니타 서방(マニタ書房)'이 있습니다.

도미사와 씨는 오래전부터 헌책 마니아이기도 했습니다. 중학교 시절에 모치즈키 미키야에 빠져 중고 만화를 사려고 진보초에 다니게 되었던 거죠. 성인이 되어 《착한 아이의 가요곡》 편집부에 드나들게 된 이후부터는 수집품 대상에 중고 레코드가 더해졌습니다.

"헌책 마니아들은 대부분 비슷할 것 같은데, 언젠가는 자신의 가게를 갖고 싶다고 생각하는 법입니다. 게임 제작에 관여하게 되면서 그 꿈에서 멀어져 있었습니다. 하지만 먼저 세상을 떠난 아내 덕분에 꿈을 이룰 수 있었습니다."

자신이 남몰래 꿈꿔오던 고서점을 개업할 수 있었던 것은 죽은 아내가 생명보험을 남겨주었기 때문이라고 도미사와 씨는 말했습니다.

"2012년에 '마니타 서방'을 개업했습니다. 아내가 세상을 떠난 지 정확히 1년째 되는 날을 개업일로 결정했습니다. 아내가 아니었다면 지금의 저는 없었을 겁니다."

이 인터뷰는 '마니타 서점' 안에서 진행되었습니다. 저는 개점 후 얼마 지나지 않아서 가게를 방문했는데 가게 안의 선반 전부가 도미사와 씨의 감성으로 충만한 마니악한 물건으로 가득해서 놀랐습니다. 그리고 '비싸 보이는 책'이 한 권도 없다는 사실에 또 한 번 놀랐고요. 그 대신 1970~1980년대의 연예인 책이나 미심쩍은 건강 서적, 나카오카 도시야의 《공포의 심령 사진집》 등과 같이 제 또래들이 소년 시절에 열광했던 왕년의 베스트셀러, 일반 고서 구매 고객은 이제 돌아보지도 않는 서점 앞 100엔 균일 코너에 늘어서 있는, 그러나 아는 사람은 아는 '특수한 책'들이 빼곡하게 진열되어 있었습니다.

건물의 한 층을 전부 빌렸습니다만, 다섯 평이 될까 말까 한 조그만 가게입니다. 큰길에 면해 있기는 하지만, 엘리베이터가 없는 낡은 건물의 4층입니다. 게다가 언뜻 보기에도 '싸구려 책'들뿐이라 솔직히 손님이 오기는 오는 걸까 걱정되더군요. 하지만 마음이 맞는 사람에게는 분명 보물창고일 겁니다. 점주의 '취미'로 통일했다는 점에서, 손님을 고르는 가게라고도 할 수 있겠죠. ◆

좋아하는 일을 하며 먹고산다

가게 중앙에는 도미사와 씨의 책상과 계산대가 있는데, 거기 떡하니 앉아서 그는 원고를 씁니다. 그 모습을 보니 저는 50세를 넘은 프리라이터의 멋진 '삶'이 느껴졌습니다. 다시 말해서 굳이 일반 손님은 찾기 어려운 장소에 가게를 열어 조용한 환경에서 '본업'인 원고 집필도 가능하게끔 했다, 가게 겸 라이터로서의 작업실을 빌린 것이다, 라고 생각했습니다.

당초 도미사와 씨는 고서점을 본업으로 삼아 그쪽에 힘을 쏟아부을 생각이었다고 합니다. 하지만 결과적으로는 라이터 일과 병행하게 되었습니다. 라이터 가운데 아는 사람들이 많아 그들이 여러 잡지에 '마니타 서방'을 소개해주었기 때문이죠.

제가 보아도 지금까지 잊고 있던 왕년의 연예인 책이나 베스트셀러가 늘어서 있는 마니악한 책장에는, 누군가에게 알려주고 싶은 매력이 분명히 있습니다. 가게가 잡지에 소개되면서, 재미있게도 도미사와 씨의 라이터로서의 일도 늘어났다고 합니다. 이제 게임과 관계된 일은 거의 없지만, 대신 영화나 헌책과 관련된 원고 청탁이 늘어난 거죠.

"정말 잡다한 일을 하고 있습니다. 한 인터넷 사이트에다가는 술에 관한 원고를 쓰고 있습니다. 요시다 루이°를 조금 멍청하게 해놓은 것 같은 캐릭터로.(웃음) 저는 음식이나 술에 특별히 까다롭지는 않지만, 혼자일 때 어느 위치에서 마시면 좋을지, 가게 그 자체를 즐기려면 어떻게 해야 하는지 등에 대해서 들려주고 있습니다. 쇼지 사다오°° 씨의 영향을 강하게 받아서 그런 것 같습니다. 그리고 시이나 마코토°°° 씨 등의 경박한 문체를 보며 자란 세대니까요. 그 외에도 가게에 물건을 들여오는 일도 겸해서 일본 전국의 북오프를 돌아다니는데, 그 여행에서 생긴 일을 원고로 쓰기도 하죠."

'마니타 서방'은 개업 당시 손님이 거의 없었습니다. 엘리베이터도 없는 4층까지 올라올 사람은 드무니까요. 지금도 손님이 한 명도 없는 날이 있다고 합니다. 그런데 인터뷰 당일, 게임

° 일본의 작가이자 화가로 〈요시다 루이의 술집방랑기〉라는 프로그램에 출연하고 있다.
°° 일본의 만화가.
°°° 일본의 소설가이자 영화감독.

을 좋아하는 프랑스인이 와서 유창한 일본어를 구사하며 1만 4천 엔어치를 사갔다고 합니다. 도미사와 씨가 만든 〈간푸루〉도 알고 있어서, 점주인 그가 만들었다고 말했더니 매우 기뻐했다고 하더군요.

지금은 고서점의 매출로 가게(겸 작업실)의 세를 내고 있으며, 라이터로 일해서 생활비를 번다고 합니다. 자신이 좋아하는 일을 하고 있을 뿐이기에 아무 스트레스도 없다고, 도미사와 씨는 단언했습니다. 저희와 같은 타입의 프리랜서에게는 이상적인 생활일지도 모르겠습니다. 좋아하는 책을 지방의 북오프에서 사다 자신의 가게에서 팔고, 다시 책을 사들이기 위해 여행에 나서는 일의 반복이니 말입니다.

"저를 '서른의 벽'에서 구해준 것은 게임프리크였고, '마흔의 벽'에서 구해준 것도 역시 게임프리크였으며, '쉰의 벽'에서 구해준 것은 사쿠마 아키라 씨와 세상을 떠난 아내였습니다. 그간의 경험을 통해 프리랜서도 혼자서는 살아갈 수 없다는 사실을 깨달았죠." ★

3장

**프리랜서란
스스로 선택하는
삶의 방식,
스기모리 마사타케**

스기모리 마사타케(杉森昌武)

1959년 도쿄 출생. 학생 시절에 창간한 《허벅지(太腿)》, 《중대 펀치(中大パンチ)》 등의 동인지 편집발행인으로 출판 업계에 데뷔. 이후 주로 기획편집 프로듀서 겸 고스트라이터로 활동. 《도스포 전설(東スポ伝説)》, 《이소노 가의 수수께끼(磯野家の謎)》, 《THE 고르고 학(THEゴルゴ学)》, 《그 멋진 닛펜의 미코 짱을 다시 한 번(あの素晴らしい日ペンの美子ちゃんをもう一度)》 등의 히트작을 세상에 내놓았다.

연소득이 1천만 엔인 대학생

▷

　　　　　　　　오랜 친구인 스기모리 마사타케 씨에게 인터뷰를 청했습니다. 그는 제가 출판업계에 들어가기 전부터 친구였습니다. 처음 만난 것이 1979년이었으니, 제가 열아홉 살, 스기모리 씨가 스무 살 때였을 겁니다.

　저는 고등학생 때부터 동인지《마천루》를 만들고 있었고, 주오대학 학생이었던 스기모리 씨는 '동인지의 왕'이라는 이름으로 널리 알려져 있었습니다. 50대라면,《허벅지》,《중대 펀치》 같은 잡지를 아는 분들도 많을 겁니다. 동인지인데도 발행 부수가 1만 부를 넘어서 매스컴에도 여러 차례 소개되었죠. 스기모리 씨는 당시 이미 유명인이었습니다.《중대 펀치》의 편집장은 후에 인기 칼럼니스트가 된 에노키도 이치로 씨였고, 역시 후에 소년만화 잡지인《BOYS BE…》에서 만화 원작을 담당했던 이타바시 마사히로 씨도 기고하고 있었습니다.

　스기모리 씨, 에노키도 씨, 이타바시 씨, 이들 주오대학 3인방은 재학 시절부터 준프로였고, 졸업 후에는 프로 프리라이터가 되었죠. 에노키도, 이타바시 두 사람은 순수한 라이터지만, 스기모리 씨는 편집자와 프로듀서로서의 면모가 있었습니다. 오랜만에 만난 스기모리 씨는 이렇게 회상했습니다.

"저는 틀림없이 글쟁이였지만 말하자면 프로듀서 같은 존재였습니다. 결국 재능이 있었던 것은 라이터 쪽이 아니라 프로듀서 쪽이었다고 생각합니다."

스기모리 씨가 대학생이었던 1980년대 초반에는 인터넷이 아직 없었습니다. 자기표현에 대한 욕구가 왕성한 대학생들은 모두 동인지를 만들고 있었습니다. 당시 코믹 마켓도 이미 형성되어 있어서 만화 동인지도 활발하게 만들어지고 있었습니다만, 주류는 문장 동인지였습니다. 미니코미라 불린 것도 주로 문장 동인지입니다. 스기모리 씨가 만들었던 것도 문장 중심이었죠. 편집발행인으로 많을 때는 열두 종이나 되는 동인지를 발행해서 월수입이 100만 엔이 넘었다고 하니 굉장하죠. 지금이라면 틀림없이 인터넷 인기 웹사이트를 만들었거나 인기 유튜버가 되었을 수도 있을 겁니다.

"코믹 마켓도 이미 존재하기는 했지만 지금 정도의 존재감은 없었습니다. 우리가 몰두했던 동인지는 《캠퍼스 매거진》이라 불리던, 대학생이 제작하는 동인지였어요. 그 이전까지는 문예, 정치(선동적 전단)가 중심이었지만, 우리가 단초가 되어 엔터테인먼트 동인지를 만들기 시작했죠. 젊은이를 타깃으로 서브컬처나 에로를 다루는 잡지는 이미 나와 있었기에 그걸 동인지로 만들 수 없을까 생각해서 시작한 겁니다. 당시 나는 수업에 전혀 들어가지 않았지만 일단은 주오대학 학생이었기 때문에 대학생 편집장이라고 매스컴에서도 자주 다뤄주었습니다. 엄청나게 팔렸습니다. 왜냐하면 여대생의 누드를 실었거든요."

누드라고는 해도 세미누드였지만 스기모리 씨는 '현역 여대생 누드'라는 말을 표지에 실어 도발했습니다. 그게 정말 믿을 수 없을 정도로 팔렸죠.

"처음에는 수영복, 속옷이었지만 마지막에는 헤어누드°로. 헤어누드를 실은 잡지는 상업지를 포함해서, 정말로 제가 처음

° 음모가 드러난 나체 사진을 뜻하는 일본의 조어.

이었다고 생각합니다. 그때는 체포될 걸 각오하고 실었거든요."

성인지에서도 아직 헤어누드는 싣지 않던 시대였습니다. 음모에는 '모자이크'가 들어가 있었습니다. 스기모리 씨는 헤어누드를 여러 장으로 나누어 게재해서 독자가 일일이 오려내 조합하면 누드사진이 완성되도록 만들어 법적 문제를 해결했습니다. 잡지를 그냥 보기만 해서는 뭐가 뭔지 알 수 없습니다. 퍼즐과 같은 거죠. 스기모리 씨는 라이터로서도 독특한 글을 쓰지만, 편집자로서도 아이디어맨이었습니다.

"학생 시절에 제가 쓴 글의 원고료가 30만 엔쯤 됐으려나. 거기에 동인지 판매 수입이 월 100~200만 엔 정도 됐습니다. 그래서 대학생을 그만두면 프리라이터라도 돼볼까, 당시에는 그렇게 생각했었죠."

시대가 버블경제를 향해서 순조롭게 나아가고 있었기에 지금과는 달리 대학생의 취업률도 높았습니다. 대학생이 '황금알'이라 불릴 정도였죠. 웬만한 대학에 합격하면 취업 걱정은 하지 않아도 되었기 때문에 대학이 '4년 동안의 홀리데이 기간'이라 불리기도 했습니다. 학생이 만드는 동인지에 일류 기업이 광고를 싣는 등 세상이 온통 대학생을 떠받들어주던, 지금은 믿을 수 없는 시대였습니다. 스기모리 씨가 제작하던 야한 폭소 동인지는 그런 풍조에 완전히 들어맞는 것이었죠. ▶

'재미'만으로는 돈이 되지 않는다

◯

　　　　　　　스기모리 씨는 중학교 졸업 후, 주오 대학 부속 스기나미 고등학교에 진학했습니다. 동급생 중에는 나중에 동업을 하게 되는 우수한 라이터 지망생이 있었습니다.

"고등학교 동기 중에 에노키도 이치로와 이타바시 마사히로가 있었습니다. 고등학생 때 서브컬처를 좋아하는 그 친구들과 동인지를 만들다, 셋 모두 프로의 세계로 들어선 겁니다. 그때까지 저는 특별히 서브컬처를 좋아하지는 않았지만, 그 친구들과 만나면서 그 세계에 빠져들었죠. 대학에 들어가서도 그 친구들과 함께 동인지를 계속 만들었고요. 지금 생각해보니 에노키도도 이타바시도 전부 대학을 졸업했으니 가장 열광적으로 동인지를 만든 건 아마 제가 아닐까요.(웃음) 당시엔 동시에 열 종 이상의 동인지에 직접 관여하고 있었으니까요."

스기모리 씨가 첫 번째 동인지인《허벅지》를 창간한 건 고등학교 시절이었습니다. 스기모리, 에노키도, 이타바시의 글로 된 칼럼과 조그만 에로 사진을 게재하는 동인지였죠. 그에 비해서 주오대학에 진학한 뒤 만든《중대 펀치》는 처음에는 활자로 찍는 타블로이드판 신문이었습니다.

"처음에는 에노키도가 편집장, 제가 발행인이었습니다. 콘셉트는 에노키도가 잡았고, 라이터에 대한 발주나 편집업무는 제가 했죠. 글도 메인은 에노키도와 이타바시가 썼습니다. 그 내용은 과연 에노키도라고 해야 할지,《허벅지》보다 백배는 재미있었습니다. 정말 깜짝 놀랐죠. 하지만 더 충격적이었던 건 그렇게 재미있었는데도 에로가 없으니까 전혀 팔리지 않았다는 사실입니다. 글의 재미만으로는 돈이 되지 않는다는 걸 그때 깨달았죠."

적자가 점점 불어났기에《중대 펀치》는 4월호부터 스기모리 씨가 편집장을 맡게 되었고 에로틱한 요소도 가미하게 되었습니다. 그러자 역시 팔리기 시작했습니다. 그러나 에노키도 씨와 이타바시 씨는 그즈음 그만둬버렸다고 합니다. 대학을 졸업한 후 에노키도 씨는 극단에 들어갔고, 이타바시 씨는 출판사에 취직했습니다. 스기모리 씨는 학점을 전혀 따지 않았기에 모두가 졸업할 때 자퇴했다고 합니다. 이미 프리라이터 일이 있어서 생활에는 문제가 없었다고 합니다.

"그런데 몇 년 뒤, 스물대여섯 살 무렵에 모두가 각각 정체 상태에 빠졌어요. 에노키도는 배우로서의 길에 어려움을 느꼈고, 이타바시는 샐러리맨 편집자로서의 절망을 느꼈던 것 같습니다. 한편 나는 취직하지 않고 프리라이터로 있었는데, 버블 경제기의 호황으로 혼자서는 감당할 수 없을 정도의 일을 끌어안고 있었습니다. 그래서 에노키도와 이타바시에게 라이터 일을 맡기게 되었죠. 그 1년쯤 뒤에 '슈왓치'라는 편집프로덕션을 설립했고요. 실체는 라이터 집단이었죠."

대학에서 동인지를 만들던 세 사람이 다시 모인 겁니다. 슈왓치에는 훗날 라이터, 방송작가가 되는 오시키리 신이치 씨, 일러스트와 칼럼으로 커다란 인기를 끌었던 고(故) 난시 세키 씨가 참여했습니다.

"두 사람 모두 에노키도의 소개로 들어왔습니다. 난시는 원래 일러스트레이터여서 글은 에노키도가 썼었는데, 막상 글을 쓰게 해보니 난시가 에노키도보다 더 재미있게 썼습니다."●

20대에 편집프로덕션 설립

"저는 에노키도나 이타바시에 비해 글은 잘 쓰지 못했습니다. 정통파 투수로 비유하자면, 빠른 공을 던지지 못할 때 스스로가 싫어지지 않겠습니까? 그래서 라이터로서의 은퇴가 빨랐던 걸지도 모르겠습니다. 변화구와 같은 테크닉이 없었으니까요. 그래서 그럼 감독을 하겠습니다, 라는 식으로 방향을 전환한 거죠. 라이터였다고 할 수 있을 만한 시기가 있었나 싶습니다. 열심히 쓴 것은《프롬 에이》(리쿠르트)에 연재하던 〈도쿄 눈 감으면 코 베어갈 도시〉 정도. 그건 7, 8년 계속 써서 단행본이 되었습니다.《도스포 전설》(1991)도 팔리기는 했지만 단행본을 위해서 쓴 글로, 지금 읽어보면 너무 서툴기 짝이 없어요."(웃음)

라이터로서의 스기모리 씨는 공 하나하나에 혼을 담는 투수였다고 할까요. 글의 완벽함을 추구하는 스타일로 저는 기억하고 있습니다. 중후한 내용이나 문학적 내용을 말하는 것이 아넙니다. 오히려 그와는 반대로 1980년대를 풍미했던 '밝은 니힐리즘'이라고 할 만한 글을 난센스의 웃음으로 감싸서 광속구로 정면 승부하는 스타일이었죠.

저는 글쟁이로서의 그를 지금도 존경하고 있는데, 광속구 투수가 빨리 어깨를 망치는 것처럼 그의 라이터로서의 생명은 짧았다고 할 수 있습니다. 하지만 그에게는 프로듀서로서의 재능이 있었습니다. 그래서 젊은 라이터, 편집자를 프로듀스하는 편집프로덕션의 사장으로 자리를 옮기게 된 거죠.

그런데 얼마 지나지 않아 스기모리 씨는 동료들과 함께 설립한 슈왓치를 그만두게 됩니다. 스기모리 씨와 동료들의 사이가 벌어진 것은 경영방침에 대한 견해 차이 때문이 아니었다고 합니다. ◆

사장 자리에서 쫓겨나다

"저는 에노키도와 이타바시로부터 슈왓치의 사장에서 물러나달라는 요청을 받았는데, 사실은 당시 마작에 빠져서.(웃음) 다른 두 사람에게서 '처음에는 스기모리 씨가 여러 가지 일을 따다 주었지만, 지금은 마작밖에 하지 않는다'는 불만이 터져나왔습니다. 틀림없이 마작이 제 인생을 통틀어 1억 엔 정도는 가져간 것 같아요. 젊어서 주위가 잘 보이지 않았죠. 그런데도 월급은 삼 등분했으니 불만이 나오는 것도 당연한 일이죠. 일도 제가 따온다기보다는, 매스컴에 알려져 회사의 간판처럼 되었기 때문에 저를 통할 수밖에 없는 구조였던 거예요. 결국 퇴임을 요구받았고, 퇴직 후 바로 지금의 유한회사 포치를 설립하게 되었죠."

마작으로 1억 엔을 잃는다는 것도 어쩌면 재능일지 모르겠습니다. 동료들에 의해서 쫓겨난 스기모리 씨는 새로운 회사인 유한회사 포치에서 심기일전을 꾀했습니다. 사실 그에게는 매우 우수한 복병이 있었는데, 바로 학생 시절에 결혼한 부인 스기모리 교코 씨입니다. 그녀에 대해서는 저도 잘 알고 있는데, 그야말로 라이팅 머신이라고 할 만큼 초인적인 라이터입니다. 글을 잘 쓸 뿐만 아니라 장르를 불문하고 어떤 글도 쓸 줄 알아요. 거기에다 일도 어마어마하게 빠릅니다. 편집프로덕션에는 안성맞춤인 인재였던 거죠.

"교코와는 일찍 만났습니다. 제가 대학 3학년생, 그녀는 전문학교 1학년생이었습니다. 당시 제가 만들던 동인지는 서점에서 위탁판매를 하고 있었는데 고등학생이었던 그녀가 그걸 읽었던 거죠. 그리고 전문학교에 들어간 뒤 그쪽에서 먼저 찾아와서 바로 동거를 시작했습니다. 제가 대학 4학년 때 혼인신고를 했고요. 결혼 후 그녀는 전문학교를 그만뒀고 아이도 없었으니 시간이 많았습니다. 그래서 일을 도와주게 되었는데 간단한 글을 쓰게 해봤더니 굉장히 잘 쓰는 겁니다. 특별히 가르쳐줄 것도 없이 쑥쑥 성장해나갔습니다. 그녀는 어렸을 때부터 독서광이었습니다. 포치를 만들고, 저는 고분샤의 《주간 보석》에서 전속 스태프로 일을 하게 되었습니다. 일주일에 한두 번 회의에 참석했는데 기본급으로 주당 7~8만 엔을 받았습니다. 그러나 그 무렵에는 아내에게 일이 훨씬 더 늘어나 있었죠." ★

320만 부를 판 대형 베스트셀러 탄생

▷

1992년, 스기모리 씨와 교코 씨는 대형 베스트셀러에 관여하게 됩니다. 아스카신샤(飛鳥新社)에서 나온,《사자에 씨》의 연구서《이소노 가의 수수께끼》라는 책입니다.

40대 이상이라면 기억하고 계실 독자도 많을 겁니다. 일본인이라면 누구나 알고 있는 국민 만화《사자에 씨》는, 작가의 저작권 관리가 엄격하기로 유명해서 그때까지 관련 서적이 전혀 나오지 않았었죠. 저자가 그림의 사용을 허락하지 않았으니까요.

스기모리 부부는 역발상으로, 도판을 전혀 사용하지 않고 활자로만 된 '연구서'를 만들었습니다. 딱딱한 학술서가 아닙니다. '이소노 가 사람들의 나이는 몇 살일까?', '이노소 가의 화장실은 몇 개일까?'와 같은 여러 가지 의문을 재미있게 풀어쓴 책이죠. 도판이 없어도 캐릭터나 집의 이미지는 사람들의 머릿속에 이미 있었으니까요. 이 책은 1992년 최고 베스트셀러가 되었고, 이후 '수수께끼 책'이라는 장르까지 생겨났습니다.《사자에 씨》뿐만 아니라 인기 만화나 애니메이션이라면 전부 '수수께끼 책'이 나왔다고 해도 과언이 아닐 정도였죠.

"《이소노 가의 수수께끼》를 제작했을 당시, 교코는 《팝틴》(아스카신샤에서 발행하던 걸스 잡지)에서 자주 일하고 있었는데 그곳의 편집장인 아카타 유이치 씨에게서 기획을 제안받았습니다. 처음에는 사자에 씨를 소설로 만들어보고 싶다는 기획이었습니다. 그래서 교코는 원고용지 20매를 하룻밤 사이에 써 갔습니다. 교코는 쓰는 게 정말 빠르거든요. 에노키도와 이타바시도 빨랐지만, 교코는 초인적이었죠. 다케쿠마 씨와 나는 느리니 직업을 잘못 선택한 겁니다, 틀림없이.(웃음) 그런데 소설로 쓴 《이소노 가의 사람들》은 어딘가 살짝 재미가 없었습니다. 출판사에서도 읽어보고 좀 생각해봐야겠다 싶었는지, 소설화 기획은 일단 중지되어버렸죠. 바쁜 시기였기에 나도 교코도 그 일은 잠시 잊고 있었고요.

그러던 어느 날, 나는 '그 기획, Q&A 형식으로 하면 재미있을지도 모르겠다'는 생각이 들었습니다. 샘플로 몇 가지 질문과 답변을 작성해 아스카신샤로 가져갔더니 재미있다며 단행본으로 만들면 좋겠다는 것이었습니다.

편자(編者)가 '도쿄 사자에 씨 학회'라고 되어 있죠? 사실은 게이오대학에 이와마쓰 교수라고 사자에 씨를 연구하고 있는 분이 계시다는 사실을 아카타 씨가 알아냈고, 출판사에서 그분을 감수자로 모시기로 한 겁니다. 권위를 부여하기 위해서 말이죠. 결과적으로는 속편을 포함해서 320만 부가 팔리는 초대형 베스트셀러가 되었습니다."

일반적으로 편집프로덕션은 출판사의 하청업체라서 자신이 저작권을 갖는 경우는 없습니다. 하지만 스기모리 씨의 작업은 스기모리 씨가 기획하고 부인인 교코 씨가 글을 쓰는 방식이 주였기에 인세 저자로 계약하는 경우가 많았던 것 같습니다.

《이소노 가의 수수께끼》도 '도쿄 사자에 씨 학회 편'이라는 명의로 되어 있고 게이오대학 교수를 감수자로 앉혔다고는 하지만, 실제로 책을 기획·집필한 것은 스기모리 씨의 회사인 유한회사 포치였기에 포치도 저자로서 인세 계약을 맺고 한 일이었죠. 320만 부의 인세 수입이 대체 어느 정도였을지는 출판사인 아스카신샤의 수익이 수십억 엔이었다는 사실로 미루어 추측해보시기 바랍니다. ▶

장사의 재능

◯

       이른 시기에 라이터에만 전념하기를 포기한 스기모리 씨. 그 이후부터 편집프로덕션의 사장으로서 영업에 몰두했을 것 같지만, 뜻밖에도 "영업 경험이 없다"고 하니 놀라지 않을 수 없습니다. 스기모리 씨에게 있어서 일은 언제나 '그쪽에서 먼저 찾아오는 것'이었죠. 그는 대학 시절부터 TV에 출연해서 우리 세대 프리랜서 중 가장 빨리 인기를 얻었기 때문에 명성만으로도 일이 들어왔던 겁니다.

  사실은 저도 영업을 해본 경험은 거의 없습니다. 상대편이 가져온 일을 하는 동안 그 일이 다시 다음 일을 부르는 경우가 계속되었던 거죠. 저와 스기모리 씨는 일도 비슷한 시기에 시작했고, 글쓰기 속도가 느리다는 점에서도 통하는 면이 있네요.

  다른 점이라면 기획력에 있을지도 모르겠습니다. 저는 '재미있는 기획'만 생각하며 지금껏 살아왔습니다만, 스기모리 씨에게는 '재미있으면서 잘 팔리는 기획'을 생각하는 능력이 있습니다. '재미있지만 잘 팔릴 것 같지 않은 기획'만 생각했던 저는 당연히 일감이 끊겨 몇 번인가 지독한 가난을 경험했죠.

'재미있는 기획'이나 '잘 팔리는 기획'이라면 생각해내는 사람들이 제법 있을 테지만 '재미있으면서 잘 팔리는 기획'은 좀처럼 나오지 않는 법입니다. 스기모리 씨가 남들과 다른 점은 대학의 동인지에 발군의 재미있는(웃기는) 글을 발표하면서, 동시에 '현역 여대생 누드'를 상업지보다 먼저 떡하니 실어버렸다는 점에 있다고 생각합니다. '재미만으로는 팔리지 않는다'는 스기모리 씨의 말을, 프리랜서를 목표로 삼고 있는 사람들이라면 명심해야 합니다.

"조금 다른 얘기지만, 저는 라이터로 일하면서도 끝까지 '이건 직업이다'라는 의식은 별로 없었어요. 이런 일을 하면서 어떻게 돈을 받을 수 있지, 미안한데, 라는 마음이 있었죠. 그런 마음은 회사를 차리고 나서도 바뀌지 않더군요."

스기모리 씨는 1970년대 후반에 '천재적으로 재미있는 글을 써서 동인지로 월수입 100만 엔을 올리는 학생 동인지의 왕'으로 제 앞에 나타났습니다. 그에게는 '재미'와 '판매'를 양립시키겠다는 자세가 있었죠. 결코 단순한 비즈니스맨이 아니었다는 점이 흥미롭습니다. '재미'를 추구하는 자세를 끝까지 놓지 않았기 때문입니다.

지금은 편집프로덕션을 운영하며 한편으로는 학생 시절부터 아주 좋아했던 마사지숍을 경영하고 있지만, 저는 지금도 스기모리 씨가 '실업가'보다는 '프리랜서'라는 이미지에 훨씬 더 잘 어울리는 느낌이 듭니다.

"출판 이외의 일을 시작한 것은 2006년이었는데, 처음에는 수익이 나지 않았습니다. 하지만 조그만 발상의 전환이나 작은 아이디어로 인기를 얻기 시작해서 상황이 바뀌었습니다. 그건 출판을 하던 때와 마찬가지라고 생각합니다.

하지만 근무 태도는 상당히 바뀌었습니다. 라이터일 때는 마감도 지키지 않고 일이 없어도 어려움을 겪는 것은 저 혼자뿐이라는 감각이 있었습니다. 마음속 어딘가에 '일'이라고 생각하지 않는 부분이 있었기 때문이겠죠. 그러나 지금의 저는 매우 진지합니다. 마작도 일주일에 두 번으로 줄였고요.(웃음)

가게를 경영하는 것은 손님을 상대로 하는 일인데다, 스태프들을 생각하니 의식이 바뀌더군요. 라이터 시절이나 편집프로덕션을 하던 때 저는 '손님이나 스태프에게 도움이 되고 있다'는 느낌을 맛본 적이 없었습니다. 출판 일을 할 때는 독자를 위해서, 편집자를 위해서 일을 한다고 생각한 적이 한 번도 없었고요. 왜 그런 생각이 들지 않았던 건지 지금도 신기할 따름입니다."

그 원인 가운데 하나는, 1980년대의 '시대' 분위기가 아닐까 생각합니다. 같은 세대이기에 잘 알고 있죠. 저도 그렇고 스기모리 씨도 그렇고 '취미가 직업이 되어버린 면'이 있는 거예요. 1980년대라는 시대는 그런 일이 가능했던 겁니다. 굳이 극단적으로 말하자면 1980년대에는 재미있는 글만 쓸 줄 알면 누구라도 라이터가 될 수 있었습니다. 버블경제 시대에는 업계에도 상당한 여유가 있어서 기획 심사도 엄격하지 않았거든요.

"지금은 라이터가 되려는 사람이 매우 적은데, 그게 정상일지도 모릅니다."

저희는 라이터를 동경해서 라이터가 된 것이 아니라 어쩌면 '될 수밖에 없었던' 사람들일지도 모릅니다. 저는 스기모리 씨에게 지금도 그런 사람들이 얼마간은 있을 거라고 말했습니다.

"그야 물론이죠. 하지만 제가 다른 사람과 조금 달랐던 건 장사에 재능이 있었기 때문이라고 생각해요. 제 입으로 말하기는 좀 쑥스럽지만요. 가령 우리 세대 가운데 재미있는 글을 쓸 줄 아는 사람이 백 명 있다고 치면 라이터로서의 제 순위는 30~40위 정도라고 생각합니다. 그런데 어째서 대학생 무렵에는 사람들이 가장 잘 쓴다고 보았을까요? 왜 제가 가장 눈에 띄었을까요? 그건 글 속에 에로틱한 면을 도입한 아이디어 때문이었습니다. 오직 그 한 가지 아이디어뿐이었죠. 그것이 상업적 재능 아니었을까 생각해요.

《이소노 가의 수수께끼》는 시리즈 누계 320만 부 판매를 기록했습니다만, 20~30만 부 정도의 히트를 헤아려보면, 지금까지 여덟 작품에 관여했습니다. 그 외에도 해리 포터 관련 서적이 누계 150만 부,《그 멋진 닛펜의 미코 짱을 다시 한 번》(2004)은 30만 부,《고르고 13》의 연구 서적인《The 고르고 학》(2000)도 그 정도 판매되었죠."

《그 멋진 닛펜의 미코 짱을 다시 한 번》은 1970년대의 소녀 만화 잡지에는 반드시 실렸던, 펜글씨 습자 통신교육의 광고 만화입니다. 만화가들이 차례로 대를 이어서 그려, 30년 이상 계속되었을 겁니다. 그러니 중년층의 독자들에게는 매우 그리운 만화입니다.

그러나 어디까지나 광고 만화였기 때문에 한 번도 단행본이 된 적이 없었습니다. 스기모리 씨는 그런 광고 만화의 단행본을 기획해서 출판사(제삼문명사)로 가지고 갔던 겁니다.

"《그 멋진 닛펜의 미코 짱을 다시 한 번》을 책으로 낸 것도 조그만 발상의 전환으로 효과를 본 경우인데, 그건 광고 만화였기 때문에 저작권을 닛펜이 가지고 있었습니다. 책으로 내고 싶으면 닛펜에 허가만 얻으면 되었던 거죠. 그래서 제작비도 그렇게 많이 들지 않았습니다. 이 지점에서 솔직히 고백하자면 저는 아이디어만 냈을 뿐, 결국은 교코가 벌어다 준 돈을 쓰기만 한 것입니다.(웃음) 교코가 없었다면 저는 이미 이 세상 사람이 아니었을지도 모릅니다. 다케쿠마 씨는 '프리랜서와 홈리스는 종이 한 장 차이'라고 말했지만, 저는 그 정도의 차이도 모르겠습니다. 저는 다케쿠마 씨보다 성격이 거칠기 때문에 밑바닥까지 훨씬 더 타락했을지도 모릅니다." ●

스스로 진로를 선택하는 삶

        사전에서 '자유업'이라는 단어를 찾아보면 '문필업 혹은 의사나 변호사 등'이라고 되어 있지만, 문필업과 변호사는 전혀 다릅니다. 그쪽은 국가 자격이 필요하지만, 이쪽은 누구라도 라이터라고 명함을 내밀 수 있는, 아무런 보증도 없는 세계죠. 저는 지금 라이터로 일하고 있는 젊은이에게 '왜 라이터가 됐어?'라고 물어보곤 합니다.

"우리는 어쩌다 라이터가 된 걸까요? 역시 버블경제기였다는 사실이 가장 커다란 원인이었다고 생각합니다. 그 무렵은 라이터가 되고 싶은 사람이 아주 많았던, 정말 보기 드문 시대였죠. '마흔의 벽'을 느낀 적이 있냐고요? 저는 46세까지 원고 작성과 출판 프로듀스만 해왔습니다. 그 무렵까지는 정말로 바빠서 오로지 일과 마작에만 빠져 있었죠. 하지만 마지막 무렵에는 일이 상당히 줄기 시작해서 여러 가지를 생각할 시간이 있었습니다. 제 미래를 위해서 좋아하는 일을 직업으로 삼고 싶다고 생각했어요. 바로 마작 하우스와 마사지숍 경영이 머리에 떠오르더군요. 좋아하는 일을 직업으로 삼으면 좋은 꼴을 못 본다고들 하지 않습니까? 술을 좋아하는 사람이 바를 차리면 자기가 전부 마셔버린다거나, 마작을 좋아하는 사람이 하우스를 열면 자기가 마작에 빠져버린다거나. 하지만 재미있게도 마사지에 관해서는 매우 까다로운 편이어서, 제가 운영하고 있는 마사지숍의 세라피스트에게 제가 푹 빠져버리는 일은 없었죠."

저와 스기모리 씨가 일하기 시작한 시대는 버블경제기와 맞물려 있습니다. 저는 버블의 은혜 같은 건 받은 적 없다고 생각했었지만, 착각이었습니다. 누가 뭐래도 영업도 제대로 하지 않는 프리랜서가 일할 수 있었던 것은, 사회 전체에 여유가 있었기 때문일 겁니다. 덕분에 저처럼 '직장인으로는 쓸모가 없어서 프리가 될 수밖에 없는 사람'도 먹고살 수 있었던 거죠.

"가끔 고등학교 때 에노키도와 만나지 못했다면 어떻게 됐을까 생각해보곤 합니다. 아마도 부모님과 마찬가지로 교직에 종사했을 겁니다. 하지만 마흔 살이 지난 시점에 인생을 다시 한 번 돌아보고 새로운 일을 시작했겠죠. 그러니 '마흔 살'은 직장인에게도 역시 인생의 한 고비를 넘는 나이일지도 모릅니다."

프리랜서로 살다 보면 '선택'을 해야 하는 경우가 많은데, 그때마다 누구와도 상의하지 못하고 혼자 감당해야 합니다. 그래서 자신이 내린 결정에 대해 후회해본 적은 없느냐고 마지막으로 물어보았습니다.

"만약의 세계를 전혀 생각하지 않는다고 하면, 그건 거짓말입니다. 하지만 잘못된 '선택'은 지금까지 한 번도 한 적 없다고 생각합니다. 프리랜서란 스스로 진로를 결정하는 삶을 사는 사람이잖아요. 저는 그런 삶을 살아올 수 있어서 행복했다고 생각하며, 자랑스럽게 여기고 있습니다. '선택'을 할 수 있었다는 사실 자체가 좋은 것이지, '선택' 자체를 잘못한 경우는 없었다고 생각해요. 말이 조금 과장되었나요?"(웃음) ◆

4장

**쉰 살의
벽은
더욱 높다**

마흔네 살에 블로그를 시작하다

저는 마흔네 살이던 2004년 말, 블로그를 시작했습니다. 1997년부터 인터넷을 사용해왔으니 꽤 늦은 편입니다. 아무튼 그때 일본 최초의 블로그 서비스인 '하테나 다이어리'가 시작되었는데, 인터넷계의 유명인이신 야마모토 이치로 씨가 강력하게 권해주셨죠.

"다케쿠마 씨도 블로그를 해보지 않을래요? 지금이라면 남들보다 앞서갈 수 있어요."

블로그는 HTML 등의 전문지식은 필요하지 않고 메일이나 게시판에 글을 입력하는 것과 거의 같은 정도의 노력만으로 자신의 웹사이트를 만들 수 있는 서비스입니다. 그가 남들보다 앞서갈 수 있다고 말한 건, 2004년 봄에 '코코로그'라는 니프티의 블로그 서비스가 시작되면서 블로거 인구가 급격하게 늘어났기 때문입니다. 그해를 '블로그 원년'이라 일컫곤 하죠.

그 직전인 마흔 살부터 마흔세 살까지는, 제게 있어서 바닥을 치던 시기였습니다. 다마미술대학(이하 다마미)의 비상근 강사는 2003년부터 시작했는데, 비상근은 담당 시간에 따라 수당을 받는 시급제 일입니다. 시급만 놓고 보면 결코 나쁘지 않았지만, 주 1회여서 그걸로는 생활이 불가능했죠. 그래서 아르바이트도 시작했습니다. 라이터로서의 일은 거의 없었기 때문에 시간은 충분했죠. 그래서 블로그를 해볼 마음이 생긴 겁니다. 예전부터 자신만의 미디어를 갖는 것이 꿈이기도 했고요.

2004년 12월 14일에 블로그 〈다케쿠마 메모〉를 코코로그에 개설했습니다. 작업은 어처구니없을 정도로 간단했습니다. 저는 원래 손이 느린 타입이라 담당 편집자도 없는 블로그가 얼마나 계속될지 걱정되기는 하더군요.

〈다케쿠마 메모〉는 사흘 만에 갑자기 페이지 뷰가 증가했습니다. 알아보니 이미 인기 블로거였던 야마모토 씨의 페이지를 통해 사람들이 들어오고 있었습니다. 야마모토 씨가 자신의 블로그에 소개해준 덕분이었죠. 댓글란에 독자들의 감상도 달리기 시작했습니다.

방문객이 늘면 블로그를 갱신하는 일이 재미있어지기 시작합니다. 블로그는 단순히 자신의 글을 발표하는 것만이 아니라, 하나의 독자적인 미디어가 될 수 있습니다. 코코로그에는 자체 액세스 분석 기능이 추가되어 있어서, 오늘은 독자가 몇 명이나 왔는지 수치로 알 수 있었죠. 종이 매체에서는 절대로 알 수 없는 일입니다.

〈다케쿠마 메모〉는 2012년 초에 〈덴노마보〉로 발전해, 소멸될 때까지 거의 7년 동안 계속되었습니다. 처음 1년 동안은 매일 장문의 글을 갱신해서 하루 최고 9만 5천 명, 총 방문자 수가 3천만을 넘어섰습니다.

내 글을 읽어주는 사람이 아직 있구나, 하는 실감이 슬럼프로 바닥까지 떨어져 있던 제게 커다란 힘이 되어주었죠. 이때 돈이 되느냐, 되지 않느냐는 문제가 아니었습니다.

제게 있어서 '마흔의 벽'은 블로그를 작성함으로써 극복할 수 있었다고 할 수 있습니다. 제 머릿속에 생생하게 되살아난 것은 고등학교 시절의 동인지 《마천루》에 대한 추억이었습니다. 겨우 200부를 찍어서 친구들에게 돌린 것이 전부였지만, 어디를 어떻게 돌아다닌 건지 홋카이도에서 《마천루》 편집부 앞으로 독자 편지가 온 적도 있었습니다. '먼 곳에서 내가 쓴 글을 읽어준 사람이 있다!'는 실감이 제 인생을 바꾸었다고 해도 과언이 아닐 겁니다.

적어도 저는 블로그에 계속 글을 작성함으로써 마흔 살 이후에 빠져 있던 슬럼프에서 탈출할 수 있었습니다. 무엇보다 저의 건재함을 어필할 수 있어서, 라이터로서의 일이 조금씩 다시 늘어나기 시작했습니다. 경험상 일이 없는 프리랜서라면 우선 인터넷에서 자신의 '존재'를 드러내는 것도 하나의 좋은 방법입니다. 그렇게 하면 새로운 독자도 생겨나고 업계에도 건재를 어필할 수 있으니까요.

'나는 단지 글을 쓰기만 하는 라이터가 아니라, 편집자다. 글과 작품을 싣는 매체를 만드는 것이 나의 작품이다'라는 생각은 젊었을 때부터 가지고 있었지만, 그것을 처음으로 '실감'할 수 있었던 것은 40대의 대부분을 투자한 블로그 〈다케쿠마 메모〉에서였습니다. 역시 나는 '편집자'라고 생각했습니다. 다만 한 가지 문제가 있었죠. 블로그, 트위터를 포함한 SNS의 개인 미디어는 기본적으로 돈이 되지 않는다는 사실 말입니다. ★

블로그에서 판《사루만 애장판》

▷

           물론 블로그가 전혀 돈이 되지 않았던 건 아닙니다. 〈다케쿠마 메모〉에서는 어필리에이트°도 하고 있어서 매일 평균 2~3만 명이 방문했던 시기에는 그럭저럭 돈(월 수만 엔)이 되었습니다.

가장 커다란 수익을 올린 건 2006년 여름에 쇼가쿠칸에서 《사루만 애장판》을 다시 간행했을 때였습니다. 재간(再刊)되기 반년 전부터 블로그로 사람들에게 알리기 시작했죠. "새로운 《사루만》에는 '모에(萌え)°°'를 테마로 한 신작을 넣으려고 하는데, 저도 그렇고 아이하라 군도 그렇고 '모에'가 뭔지 잘 모르겠습니다. 저희에게 '모에'에 대해서 가르쳐주십시오. 아이하라 군이 '모에 그림'을 그려보았는데 잘 그리지 못한 듯합니다. 부족한 점이 있다면 꼭 가르쳐주시기 바랍니다"라고 소통을 시

° 일본의 성과 보수형 광고.

°° 서브컬처에서 속어로 쓰이는 말. 대상물에 대한 좁고 깊은 감정이라는 의미를 담고 있으며, 같은 종류의 감정을 나타내기는 하지만 그보다는 얕고 넓은 '좋다'라는 말을 쓰기에는 부적합한 경우에 사용된다.

작한 것입니다.

아이하라 군의 그림을 게재했더니, 전국의 오타쿠들이 '선이 좋지 않다', '얼굴의 비율과 눈의 위치관계, 머리카락은 이런 느낌으로'라는 등의 '원포인트 레슨'을 해주더군요. 그렇게 해서 최종적으로 완성된 그림을 다시 올렸죠.

물론 이것 자체는 개그의 일환이었지만, 'SNS를 활용한 독자 참가형 광고'로 고안한 '홍보'이기도 했습니다. SNS에서 뭔가를 홍보하려 할 경우 단순히 광고만 싣기보다는 '독자가 참여할 수 있는 기획'으로 하는 편이 효과적이라고 생각한 거죠.

《사루만 애장판》의 판매는 굉장한 것이었습니다. 상하권 합쳐서 3,200엔으로 만화치고는 비싼 편이었기에 쇼가쿠칸에서도 판매는 기대하고 있지 않았습니다. 그런데 1개월 만에 초판 1만 8천 부가 전부 팔려 증쇄에 들어갔습니다. 가장 놀란 건 출판사였죠. 저는 제 블로그에서 어필리에이트로 《사루만 애장판》을 팔았는데 이때는 월매출이 30만 엔을 넘었고, 그것이 2개월 동안 계속되었습니다. 아마존도 꽤 놀란 듯하다고 쇼가쿠칸의 사원에게 전해 듣기도 했었죠.

이 일로, 어느 정도 숫자의 독자만 있다면 블로그만으로도 생활해나갈 수 있을지 모르겠다고 생각했습니다. 인터넷상에 저자본으로 미디어를 만들어 어필리에이트와 광고를 적절히

조합하면 '매일 4~5만 명의 독자만으로도 충분히 생활해나갈 수 있겠다'는 확신을 얻었던 거죠. 물론 실속 있는 기사를 매일 갱신해야 한다는 것이 절대조건입니다. 스태프를 쓰지 않으면 쉽게 실현할 수 없는 일이죠.

실제로 블로그로 생활하고 있는 사람도 상당수 있습니다. 지금은 기업화되었지만 원래는 개인 블로그였던 〈GIGAZINE〉 등은 월간 페이지뷰가 850만이나 됩니다. 사원의 숫자는 알 수 없지만 광고 수입만으로 경영이 가능한 듯합니다. 다시 말해서 프리라이터가 '개인 출판사'를 인터넷상에서 운용하는 것도 결코 불가능한 일은 아닌 거죠.

위와 같은 경험을 바탕으로 저는 '동네 빵집 같은 출판사'라는 글을 썼습니다. 〈다케쿠마 메모〉의 글 가운데 업계 사람들을 중심으로 가장 반향이 컸던 것입니다.

동네 빵집 같은 출판사

'동네 빵집' 같은 출판사는 불가능한 걸까, 생각해보았다. 어느 동네에나 한 집 정도는 '특색 있는 빵집'이 있지 않은가? 가족끼리 운영하며 돌가마에서 구운 수제 빵을 파는 그런 빵집. 미야자키 하야오의 〈마녀의 배달부 키키〉에 나오는 구초키 빵집 같은 그런 느낌이다. 남편이 안에서 빵을 굽고, 아내가 가게에서 빵을 판다. 아내의 몸이 무거워지면 아르바이트생을 고용해서 가게를 보게 하고.

사업 규모는 아주 작다. 매출도 미미하지만, 남편과 아내와 태어날 아이가 생활해나갈 수만 있다면 그것으로 충분하다. 손님은 동네 사람들로 한정되어 있기 때문에 아내의 대인회화 능력이 가게의 생명줄이다. 잘만 하면 단순히 빵을 파는 것만이 아니라 지역의 커뮤니티센터로 기능할 수도 있다. 그렇게만 된다면 동네 점포의 이상적인 모습이 될 것이다.

굳이 빵집이 아니라 채소가게든, 생선가게든 지역밀착형 독립 점포라면 무엇이든 상관없다고 생각할지 모르겠지만, 그런 가게들과 빵집 사이에는 결정적인 차이가 있다. 채소가게나 생선가게의 경우에는 파는 물건을 직접 재배하거나 잡아올 수가 없다. 생산과 수확은 다른 곳에서 다른 사람이 하고 있다는 점이 동네 빵집과는 다른 점이다. 내가 말하는 동네 빵집은 팔 물건을 직접 만들어 자신이 파는 가게이다.

지금부터 출판에 관한 이야기가 되겠는데, 원래 작가나 출판이라는 일은 동네 빵집과 같은 것이 아니었을까 생각한다. 예를 들어 〈문사의 생활〉이라는 소세키의 수필을 읽어보면, 메이지·다이쇼 시대의 작가 생활이 어땠는지를 알 수 있다.

그 글에 의하면 소세키의 《나는 고양이로소이다》는 초판을 2천 부 찍었다는 사실을 알 수 있다. 《나는 고양이로소이다》 제1권은 1905년에 나왔는데 이 수필을 썼을 당시(1914)에 35판까지 갔다고 한다. 증쇄가 1천 부씩 나왔으니 합계 3만 8천 부 정도다. 소세키는 겸손하게 글을 썼지만, 그 시기에 이 정도 숫자라면 초대형 베스트셀러라고 할 수 있다.

소세키는 《나는 고양이로소이다》 출판에 앞서 미적이고 센스 있는 장정의 책으로 만들기를 원했던 모양이다. 그런 조건에 맞는 책을 출판해온 출판사를 선택했으며, 표지화를 자신이 직접 화가에게 의뢰하기도 했다. 지금의 작가와는 달리 편집자의 영역에까지 손을 댔던 것이다.

〈문사의 생활〉을 읽어보면 생활비는 아사히신문사 사원으로 받는 급료로 충당했다는 사실을 알 수 있다. 사원이지만 신문기자로 있었던 것은 아니다. 그 시절에는 소설가나 만화가를 신문사가 고용해서 급료를 주며 연재작품을 쓰게 한 경우가 많았다. 바꿔 말하자면 소세키 정도의 인기작가도 프리랜서로는 먹고살 수 없었다는 얘기가 된다.

또 예전의 단행본에는 '검인'이 붙어 있었다. 저자가 고유의 증명인지를 발행해서 출판사에 건네주면 출판사는 그것을 한 장한 장 붙여서 출판했다. 출판사가 발행한 인지에 저자가 도장을 찍는 경우도 있었다. 내가 어렸을 때(1960년대 말)까지는 고유의 검인이 붙어 있는 책을 볼 수 있었다.

무슨 말인가 하면, 즉 이번 책의 발행 부수는 1천 부입니다, 하고 결정이 되면 저자는 인지를 1천 장 발행해서(혹은 1천 장의 인지에 도장을 찍어서) 출판사에 건네주었다. 출판사는 검인이 없는 책은 출판할 수 없었다. 이 '검인'이 있어야 비로소 '이 책의 발행을 저자가 틀림없이 인정했습니다'라는 사실이 증명되는 것이다. 출판사가 저자 몰래 부수를 늘려 인세를 떼어먹는 것을 방지하겠다는 의미가 있었다.

그러니까 내 말은, 예전의 단행본은 저자가 책 한 권 한 권의 인지에 도장을 찍을 수 있을 만큼 발행 부수가 적었다는 사실이다. 베스트셀러라 일컬어졌던 소세키의 《나는 고양이로소이다》 초판이 2천 부였다는 점을 생각해보면, 그 시기에는 1천 부 이하의 단행본이 많지 않았을까 싶다. 문맹률을 생각해보아도 책을 읽는 사람이 지금처럼 많지는 않았을 것이다. 그 대신 책값이 비싸서 글자를 읽을 줄 알고 경제력이 있는 소수의 사람들을 위해서 책은 출판되었다.

여기서 원래의 이야기로 되돌아가겠다. '동네 빵집 같은 출판사'에 대한 이야기다. 지금은 동인지에 특화된 인쇄소도 많고, 대규모 즉석판매회가 매월 개최되고 있으며, 택배 서비스가 정비되어 있고, 인터넷에 의한 광고나 통신판매 수단도 확보되어 있다. 따라서 책을 자신이 직접 만들어서 자신이 파는 것이 일반적인 현상이 되었다고 해도 놀랄 일이 아니다. 5만 부, 10만 부의 책을 내고 싶다면, 지금까지와 마찬가지로 출판사와 이야기하면 된다. 그러나 현재의 통상이라고 할 초판 3천~5천 부 정도의 책을 내는 것이라면, 출판사를 매개로 하지 않고 자신이 출판하는 것이 효율적이지 않을까? 물론 개인 출판으로 5천 부는 어려우니 기껏해야 1천 부, 2천 부일지도 모르겠으나 저자의 인세는 일반적으로 1할이니, 정가를 조금 비싸게 해서 자신이 1천 부를 파는 편이 더 돈이 되는 셈이다.

이런 생각을 하는 것은 나만이 아닐 것이다. 예전에 책 대여점이라는 가게가 있었다. 그 숫자가 상당했기에 당연히 대여 전문서적만 취급하는 출판사도 많았는데 대부분은 만화책을 출판했다. 대여 전문서적을 위한 만화가도 여럿 있었다. 그 가운데는 미즈키 시게루나 시라토 산페이, 사이토 다카오 등과 같은 거물급 만화가들도 있었다.

그런데 1960년에 정점을 찍은 책 대여 산업은 그 후 급격하게 쇠퇴해서 1970년대에 접어들면서 거의 소멸해버렸다. 배경에는 대여점용 만화를 지탱해왔던 젊은 독자층의 라이프 스타일 변화가 있었다. 예전에 책이나 잡지는 상당한 고가였고 대부분의 젊은이는 좁은 연립주택에서 생활했다. 그랬기에 책은 빌려서 읽는 것이 일반적이었으나, 생활수준이 향상되면서 '책을 사서 소유하는' 사람이 급증하게 된 것이다.

대여점용 만화의 쇠퇴가 현저했던 1960년대 중후반에 만화가에 의한 '개인 출판사' 붐이 일었던 적이 있었다. 사이토 다카오, 사토 마사아키, 다쓰미 요시히로, 요코야마 마사미치 등과 같은 인기 작가가 차례로 만화 출판에 손을 댔다. 이는 업계의 쇠퇴가 뚜렷해지면서 만화가의 수익이 줄자 차라리 자신이 출판해서 수익을 늘리자고 생각한 까닭일 것이다.

어쨌든 특정한 라이프스타일에 밀착한 산업은 시대의 변화에 약하다. 예전에는 부귀영화의 극치를 달렸던 거대산업도 무엇인가를 계기로 한순간에 와해되어버리고 만다. 그런 일은 몇 번이고 되풀이되어왔지만 '그때'가 오기까지는 많은 사람들이 깨닫지 못한다. 깨달았다 할지라도 '어떻게든 되겠지. 내가 살아 있는 동안은'이라고 생각해버린다.

현재 일어나고 있는 현상은 매스컴을 지탱하는 시스템 자체의 일대 격변으로 1960년대 책 대여 산업에서 일어났던 것과는 규모가 다르다. 그 당시 책 대여 산업에서 발생했던 일이 지금은 출판을 뛰어넘어 방송까지 포함한 매스컴 전체에서 일어나고 있다.

인터넷을 시작으로 한 미디어 환경의 변화에 따른 결과가 지금의 미디어 전체에 이르고 있다. 이는 산업혁명이나 원자폭탄, 수소폭탄의 발명에 필적할 만큼 불가역적인 역사적 변화이기에 종전의 시스템이나 패러다임은 전부 무효화될 거라고 생각하는 편이 좋을 듯하다.

지금 우리가 목격하고 있는 것은 매스미디어라는 '신의 황혼'이다. 전에는 나도 그 덕을 입은 적이 있는 인간이기에 쓸쓸한 마음이 없다고 한다면 거짓말일 것이다. 지금도 거기에 의거해서 생활하고 있는 친구, 지인들이 많다. 그들만이라도 어떻게든 살아남았으면 좋겠다. 물론 출판이나 책이 완전히 사라질 거라고는 생각지 않는다. 분명히 책 대여 산업은 소멸했지만 만화는 살아남아 그 후 전성기를 구가했으니 말이다.

내 생각에 만화나 책은 살아남을 테지만 '산업'으로서는 글쎄…. 내가 생각하는 '미래의 출판'은 동네 빵집에 한없이 가까운 이미지, 바로 그것이다. 책 제작은 애초부터 수제 빵을 만들어 파는 빵집 정도의 사업 규모가 적당했던 것일지도 모른다.

〈다케쿠마 메모〉, 2009년 7월 19일

대학교수는 면허가 필요 없다

◯

2007년, 마흔일곱 살이었던 저는 교토 세이카대학 만화학부 객원교수로 초빙되었고, 이를 받아들이기로 했습니다. 그 이듬해, 이번에는 상근으로 전임교수가 되어달라는 제안을 받았습니다. 저는 이전에 5년 동안 다마미의 비상근 강사로 근무한 적이 있어서 할 수 있을 거라고 자신했습니다.

프리랜서 생활 28년 만에 처음 '취직'한 것입니다. 매달 안정된 수입을 얻을 수 있다는 의미였죠. 이런 기회를 놓칠 수는 없었습니다. 누구보다 아버지가 기뻐하셨습니다.

비상근 강사로 근무했던 다마미의 첫해 수강자 수는 750명, 이후부터 추첨을 통해 전·후기 600명으로 해서 지금까지도 계속하고 있는 인기 강의가 되었습니다. 저는 교육자로서도 충분히 잘해나갈 수 있으리라 착각하고 있었습니다.

그랬기에 세이카대학의 제안을 받아들였는데, 시간이 흐른 후에야 알게 된 것이지만 제 인생에 있어서 커다란 실수였습니다. 대학 입장에서도 저 같은 사람을 받아들인 건 큰 실수였을 겁니다.

대학이 제게 제안해왔을 때, 전임교수는 어떤 일을 하는 사람인지에 대해서는 아무것도 알려주지 않았습니다. 해보고 나서야 속았다고 생각한 거죠. 저는 대학교수란 일주일에 두어 번 수업만 하고, 나머지는 '자신의 연구'에 몰두하면 된다고 간단히 생각하고 있었거든요. 말도 안 되는 착각에 빠져 있었던 겁니다.

실제로는 수업 이외에도 회의, 임원으로서의 일, 사무적인 일 등 할 일이 아주 많았습니다. 거기에 학생들의 생활지도까지 해야 했죠. 중학생이라면 모르겠지만 대학생에게 생활지도라니, 난센스라고 생각합니다. 하지만 지금의 대학은 사실상 의무교육의 연장선에 있어서 학생의 보호자들도 당연하다는 듯이 생활지도를 요구합니다.

그리고 입시 대응도 해야 합니다. 이는 대학의 사활이 걸린 문제입니다. 학생의 숫자가 남아돌아서 가만히 기다리고 있으면 수험생들이 몰려드는 그런 시대가 아니니까요. 고등학교로 찾아가서 모의수업을 하는 등 대학 홍보도 해야 하는 겁니다. 이런 홍보 활동을 할당량이 주어진 일처럼 해내야 했습니다. 현재 대학의 실정에 대한 아무런 지식도 없는 상태에서 갑자기 일을 시작해버린 것이 제 실패의 원인이었죠.

앞서도 이야기했지만 저는 대학에 입학하지 않았습니다. 초중고등학교의 교원이 되기 위해서는 반드시 대학에 들어가 교직과정을 이수하고 교원면허를 취득해야만 하는데, 유일하게 면허가 필요 없는 것이 대학교원입니다. 특히나 제가 가르친 곳은 미술대학이기 때문에 화가나 만화가, 평론가로서의 실적이 있으면 교직 자격이 없어도 교원이 될 수 있었죠.

저와 같은 세대의 프리랜서 가운데 대학에 의해 구제받은 사람이 적잖이 있습니다. 40대, 50대가 되어 일은 격감했는데 처자와 빚을 끌어안고 있어서 어쩔 줄 몰라 하는 프리랜서들이 상당히 많습니다. 그런 사람들에게, 지난 10여 년 사이에 늘어나기 시작한 대학의 서브컬처 계열 학과나 코스에 교원으로 초빙되는 것은 구원이나 마찬가지입니다.

대학에 그와 같은 서브컬처 계열 학과가 왜 늘었냐 하면, 거기에는 표면적인 이유와 내면적인 이유가 모두 있습니다.

표면적인 이유는 패전 후 대두하기 시작한 만화나 록 등의 서브컬처가 베이비붐 세대와 고도경제성장을 배경으로 문화로 발전했고, 그 뒤를 이은 오타쿠 세대의 대두로 인해 비즈니스로서 무시할 수 없는 분야가 되어, 지금은 일본의 문화적 중핵을 담당하는 존재가 되었기 때문입니다. 나름대로의 역사가 쌓여 만화나 애니메이션은 아동 중심의 문화가 아니라 어른도 보는 문화가 되었고, 거기서 세계적인 거장도 나와 대학의 연구대상으로 삼기에 충분한 문화적 깊이가 형성되었던 거죠.

만화를 아카데미즘의 도마 위에 올려놓으려는 움직임은 패전 후의 대중문화·아동문화를 연구대상으로 생각했던 사회학자 쓰루미 순스케의 《사상의 과학》이나, 미술평론가인 이시코 준조가 1967년에 창간한 잡지 《만화주의》에서 시작되었지만, 애니메이션을 포함해서 아카데미즘이 본격적으로 연구·강의 대상으로 다루기 시작한 것은 1990년대에 들어선 이후부터입니다. 대학에서 만화·애니메이션 학과나 강의가 시작된 것은 몇몇 예외를 제외하면 대부분은 2000년대에 들어선 이후라고 할 수 있고요.

내면적인 이유는 '인구 감소'입니다. 인구가 감소하여 학생이 줄자 '젊은이가 좋아하는 서브컬처를 가르침으로써 조금이라도 많은 학생을 모으겠다'는 노골적이고 현실적인 이유로 시작된 거죠. 대학은 학생(의 부모)이 내는 수업료로 운영되고 있으니 경영적인 면에서 보자면 학생은 '고객'입니다.

학생 부족의 배경에는 인구 감소 외에도 버블붕괴 이후 찾아온 불경기도 그림자를 짙게 드리우고 있습니다. 예전 같았으면 대학에 진학하지 않았을 학생들이 취직을 위한 대졸 자격증을 얻기 위해 진학하게 된 거죠. 게다가 1990년대의 문부과학성에 의한 규제 완화로 전국에 대학이 난립하게 되었다는 사실도 언급할 수 있겠죠. 이런 요인들이 어우러져 많은 대학이 얼마 되지 않는 학생을 두고 경쟁하는 피도 눈물도 없는 싸움에 돌입하게 된 겁니다.

'부모와의 면담'에서 대학에 대한 불평을 '옳으신 말씀입니다' 하고 고개를 조아리며 끝도 없이 들어야 하는 것도 교수의 일 가운데 하나입니다. 이래서는 연구나 수업준비도 제대로 할 수가 없습니다.

학생을 한 명이라도 놓치지 않기 위해서 대학생의 생활지도나 고민 상담, 취직 상담까지 해야 하는데, 그것이 교수의 일이 되어버린 현재의 상태를 보고는 도저히 따라갈 수 없겠다는 생각이 들었습니다. 대학이란 18세가 넘은 학생을 '어른'으로 취급해서, 수업에 대한 적성이 부족해 학점을 따지 못할 것 같은 학생이 있다 할지라도 본인의 책임으로 내버려두고, 뒤처지는 학생은 남겨둔 채 그냥 가는 거라고 늘 생각해왔거든요.

정말로 대학생이라면 어른 취급을 해서 출결이나 시험, 과제 제출만으로 성적을 평가하고, 그 이외의 일은 자신이 책임지도록 내버려두는 게 옳지 않을까요? 학점 부족으로 졸업을 하지 못해도 자신이 책임지도록 하는 것이 어른에 대한 온당한 대우 아닐까요? 그러나 그렇게 못할 사정이 지금의 대학에는 있는 겁니다.

여기서 제가 근무했던 대학의 내부 사정이나 인구 감소 시대의 대학이 맞은 가혹한 경영 현상에 대해 이야기하기 시작하면 끝이 없을 테고, 관계자에게 쓸데없는 폐만 끼칠 뿐입니다. 여기서는 '대학 전임교원이 얼마나 저의 적성에 맞지 않았나' 하는 것만 이야기해보죠. ●

트위터를 시작하다

　　　　　　　　트위터를 시작한 것은 2007년 가을
이었습니다. 저는 잡지에 글을 쓸 때나 블로그에 글을 올릴 때
와 같은 자세로 시작했는데, 트위터는 블로그와 비교할 수 없
을 정도로 '상호 커뮤니케이션' 요소가 강한 도구였습니다.

　저는 잡지에 글을 쓰고 있었는데, 그것은 어디까지나 '독자
가 읽어주는 것'으로 반향은 나중에야 제게 도달하는 것입니
다. 그러나 트위터는 편집자를 매개로 하지 않은 상태에서 독
자에게 직접 전달되고, 그 반응도 즉각 돌아옵니다. 게다가 상
대방은 익명이죠. 여기에 '논쟁이 점화'될 기반이 갖춰져 있는
겁니다.

　SNS에는 편집자가 없는 것도 치명적입니다. 편집자는 이 글
을 실으면 어떤 반향을 일으키게 될지 글쓴이를 대신해서 판정
해주기 때문입니다. 작가로서는 온당한 표현보다 임팩트가 강
한 말을 쓰고 싶고 책임질 의향도 있지만, 그것이 잡지에 실리
는 이상 책임을 져야 하는 것은 편집자도 마찬가지(작가 대신 책

임을 져야 하는 것도 편집자의 일)이기 때문에 '이건 문제가 되겠다' 싶은 글은 편집 단계에서 체크해 고쳐 쓰기를 요구합니다.

블로그도 편집자가 없기는 마찬가지이지만, 제 인상에는 블로그에 글을 쓰고 독자가 댓글을 다는 형식에는 블로그 운영자와 독자 사이에 비대칭성이 존재하는 것 같습니다. 블로그 운영자는 댓글을 일방적으로 삭제할 수도, 댓글란 자체를 폐지할 수도 있으니까요.

다시 말해서 그 자리를 편집적으로 통제할 수 있는 비율이 블로그는 트위터보다 훨씬 더 높습니다. 가령 댓글란이 시끄러워지면 블로거는 비교적 용이하게 그것을 컨트롤할 수 있지만, 트위터는 그렇게 할 수 없었습니다. 기껏해야 뮤트하거나 차단하는 정도죠. 처음 몇 년 동안 저는 아주 끈질기게 시비를 걸지 않는 한 누군가를 차단하는 일은 하지 않았습니다. 따라서 팔로워가 늘어날수록 제 트위터에서 오가는 말들이 거칠어지는 경우가 많았죠.

애초부터 익명의 투고자가 대다수인 공간에서 실명으로 발언한다는 것 자체가 커다란 위험성을 내포하고 있습니다. 어떤 의견에도 이론은 있으며, 입장이 다른 사람이 있게 마련이죠. 그리고 '본심'을 공적으로 드러내면 어떤 비난을 받게 될지도 알 수 없는 일입니다. 그렇기 때문에 익명으로 쓰는 사람이 많은 것이겠죠. 반대로 말하자면 익명이 주류인 공간에서 실명으로 발언한다는 것은 좋은 의미에서든, 나쁜 의미에서든 그것만으로도 눈에 띈다는 뜻입니다.

트위터는 대군중을 앞에 두고 확성기로 외치는 '혼잣말'입니다. 따라서 강한 자기통제력이라고 해야 할까요, 자신의 본심과 그것이 확산되었을 때의 위험을 냉정하게 측정할 줄 아는 균형감각이 요구됩니다. ◆

'가로쓰기, 세로쓰기 문제'로 논쟁 점화

지금 생각해보면 2011년 3월의 '그날'이 전환점이었습니다. 제가 '버럭 다케쿠마'라는 별명을 얻게 되었다는 의미에서도 그렇습니다. 저는 '내가 옳다고 생각하는 것을 말하겠다'는 의미에서는 일관된 자세를 취하고 있다고 생각합니다만, 그날을 경계로 세상의 '분위기'가 단번에 바뀌어버렸습니다.

후쿠시마 제1원전 사고가 일어난 이후, 저는 처음부터 탈원전이라는 입장에 서서 트위터를 했습니다만, 그로 인해서 언제부턴가 일본이 이상할 정도로 보수적인 국가가 되어버렸다는 사실을 통감할 수 있었습니다. 여기서 자세한 내용을 써봐야 소용없는 일이지만, 저는 트위터에 탈원전을 계속 주장하면서 몇 명의 친구를 잃었습니다. 잘못된 내용을 썼다고 생각하지는 않기에 후회는 없습니다.

3·11은 일본에 다시 한 번 찾아온 '전쟁'이 아닐까 생각합니다. 1945년의 패전은 일본의 방향을 180도 바꿔놓았습니다만,

3·11을 경계로 그 이전과는 반대방향으로 일본의 진로가 바뀐 듯하다는 생각이 듭니다.

제 경우를 놓고 말하자면 트위터에서의 논쟁으로 몇 명의 친구들과 인연을 끊게 되었고, 안 그래도 사이가 좋지 않았던 평론가와 논쟁을 벌이게 되었습니다. 그것도 정치와는 아무런 관계도 없는 '만화의 가로쓰기, 세로쓰기 문제'로 말이죠. 한데 그것이 언제부턴가 야후 뉴스에까지 실리는 '대논쟁'으로 번지고 말았습니다.

일본의 만화는 다른 서적과 마찬가지로 일본어의 서자(書字) 방향에 따라서 페이지도 그림도 오른쪽에서 왼쪽으로 진행되며, 말풍선 속의 문자도 세로 방향으로 씁니다. 저는 이것을 왼쪽에서 오른쪽으로 그림을 읽게 하고, 글자도 가로 방향으로 쓰면 어떻겠느냐고 제안한 겁니다.

글이라면 번역 단계에서 가로쓰기로 고치면 그만이지만, 만화의 경우는 그렇게 간단한 문제가 아닙니다. 글과는 달리 그림이나 구성은 간단히 페이지 방향을 반대로 할 수 없기 때문입니다. 그래서 해외판매용은 판의 그림을 뒤집어서(반대로 인쇄해서) 만든다고 생각했죠. 실제로 1990년대까지 일본 만화의 번역은 역판으로 출판하는 것이 표준이었습니다.

그런데 2000년대 초에 미국의 일본 만화 전문출판사인

TOKYO-POP이 일본과 같은 방향으로 제본해서 말풍선 안의 대사만 영어로 번역했더니, 뜻밖에도 현지 만화 마니아들에게 호평을 얻은 겁니다. 어느 나라나 마니아라면 마찬가지겠지만, 그들은 오리지널을 매우 좋아하기 때문이죠. 외국의 일본 만화 마니아들은 일본의 오리지널 작품의 고유 사양이 '대사는 세로쓰기, 각 커트도 미국 코믹과는 반대방향으로 흘러가며 우철 제본'이라는 점을 알고 있었던 거죠.

일본의 만화 관계자들은 기뻐했죠. 일본 만화를 오리지널 그대로 기꺼이 읽는 외국인이 있다면, 작품을 일부러 반대로 인쇄해서 외국 사양으로 변경하지 않아도 되고, 따라서 커다란 비용 절감 효과가 발생하니까요.

이런 경위는 저도 아주 잘 알고 있었습니다. 그래도 '일본 만화를 가로쓰기로 하자'고 제가 주장한 이유는 일본 사양을 좋아하는 독자는 어디까지나 일부 마니아들이니, 마니아 이상의 독자층으로 퍼져나갈 힘은 없는 게 아닐까 걱정되었기 때문입니다.

논쟁의 결론은, 적어도 2012년의 트위터에서는 일본의 만화 팬, 만화 관계자 모두가 싫다고 하는 쪽으로 끝나버렸습니다. 업계 관계자를 적으로 삼아 한 걸음도 물러서지 않았던 저의 태도가 안티를 불러 모았고, 결국은 '증오의 벽'이 저를 향해서 밀려오는 듯한 과도한 악플에 시달리게 되었습니다. 제 주장의 '무엇인가'가 만화 팬 그리고 만화업계 관계자들의 신경을 거스른 모양입니다. ★

정신과 신세를 지다

▷

　　　　　　'만화의 가로쓰기, 세로쓰기 논쟁'은
다른 의미에서도 제게 좋지 않은 상황을 가져다주었습니다. 그
도 그럴 것이 제가 교토 세이카대학의 교수가 된 이후 이 논쟁
이 벌어졌기 때문입니다.

　세이카의 만화학부는 만화를 학문으로 연구하는 곳이 아니
라, 베테랑 작가가 만화가를 지망하는 사람에게 만화 그리는
법을 가르쳐주어 한 사람이라도 많은 학생을 프로 작가로 업계
에 데뷔시키는 것을 목적으로 하는 학부입니다. 그 교수가 업
계와 맞서는 듯한 발언을 트위터에 올려 논쟁까지 벌였으니 대
학은 입장이 상당히 난처해지지 않았을까요?

　실제로 대학 관계자가 에둘러서 넌지시 제게 충고해준 적도
있었습니다. 하지만 대학에서는 당연히 '쓰지 말라'고는 말하
지 못합니다. 일본은 헌법으로 언론의 자유가 보장되어 있기
때문입니다. 어쨌든 트위터와 대학교수를 계속해나가는 동안
병에 걸리고 말았습니다. 적응장애라는 병이었죠.

처음부터 저의 '체질'을 알고 있었다면 대학의 전임은 절대로 받아들이지 않았을 겁니다. 인터넷상에 '멘탈 진단'을 하는 사이트들이 있지 않습니까? 논쟁 중에 그걸 해보았더니 '당신은 발달장애가 의심됩니다'라고 나오더군요.

마음에 걸리는 부분이 많아서 멘탈케어 분야에 종사하는 친구와 상담했고, 정신과를 소개받았습니다. 검진을 받아봤더니 역시 경도발달장애라는 진단이 나왔습니다. 거기에 적응장애도 같이 일어났다고 하더군요.

즉 저는 선천적으로 직장생활이 적성에 맞지 않는데 억지로 조직 속에서 일하다 보니 적응장애가 일어난 것이었습니다. 발달장애에 의한 적응장애는 어디까지나 실제와 비슷한 증상이지만, 통합실조증(조현병)의 초기 증상이나 쌍극성장애(조울증)의 초기 증상이 될 수도 있다고 합니다. '아, 그렇게 된 거였구나' 싶었죠.

발달장애가 있는 사람들의 얘기를 들어보면 전부 똑같습니다. 우선, 두 가지 일을 동시에 하지 못합니다. 하나의 일이 끝날 때까지 다음 일에 손을 대지 못하는 거죠. 하지만 일들의 마감이 겹치는 경우는 아주 흔합니다. 그래서 일을 의뢰한 사람에게 늘 폐를 끼쳐왔었죠.

그럴 때는 어떻게 했는가 하면, 재촉의 목소리가 큰 쪽의 일을 먼저 했습니다. 이전까지의 제 삶은 그랬어요. 하기 싫은 일은 뒤로 미루고 최악의 경우에는 포기했습니다. 어째서 그런 식으로만 살아온 건지, 스스로도 늘 의문이었는데 그 의문이 전부 풀렸습니다.

겸업이나 두 가지 일을 동시에 해야 하는 상황을 감당할 수 없는 사람이라는 사실을 쉰이 되어서야 알게 된 겁니다. 너무 늦게 깨닫긴 했지만, 인생의 수수께끼는 풀렸습니다. 나는 어째서 집을 나온 것일까. 나는 왜 대학에 가지 않은 것일까. 나는 왜 취직하지 않고 처음부터 프리랜서로 살아온 것일까. 아아, 그랬던 거구나. 무의식중에 그런 평범한 삶은 내게 불가능하다는 것을 알고 있었기에 그런 상황을 피해왔던 거구나, 하는 사실을 알게 된 것이죠. ▶

대학교수를 그만두다

○

　　　　　결국 대학교수란 직업을 계속할 수 없겠다 싶어서 사표를 제출해버렸습니다. 나중에 자세히 말하겠지만 그때 저는 이미 〈덴노마보〉를 시작한 상태였습니다. 수입이 거의 없는 사이트였기 때문에 그 운영비는 전부 대학의 급여와 보너스로 충당하고 있었죠. 그 당시의 상황이나 수입 등 모든 걸 내던지고 그 자리에서 탈출하는 경우가 제 인생에는 몇 번이나 있었습니다.

1990년대에 주간 만화잡지에서 원작을 연재했을 때는 만화가, 편집자와 사이가 나빠져 중도 하차했습니다. 하뉴 뉴준 군과 함께 연재했던 《패미쓰의 그것》(가제, 미출간)도 앙케트는 결코 나쁘지 않았으나, 만 3년 동안 계속하다가 이 이상 계속하면 매너리즘에 빠진다고 스스로 판단해 편집부에 종료를 선언했습니다. 뇌경색에서 살아 돌아와 연재하고 있던 《사루만 2.0》도 중간에 계속할 수 없게 되어 공동작업자인 아이하라 군에게 사과하고 중단했습니다(그런데 최근 들어 《사루만 2.0》은 미완인 채

기적적으로 쇼가쿠칸크리에이티브에서 간행되었습니다).

저의 경우 연재를 마친 경험이 거의 없습니다. 전부 제가 그만둬버렸습니다. 뇌경색을 앓기 전부터 그랬으니 역시 선천적인 장애가 커다란 요인이었다고 생각합니다. 제게는 돈보다 하고 싶은 일을 하고 싶은 대로 할 수 있는가가 더 중요했기에, 그렇지 못한 경우에는 일을 내팽개쳐버렸던 거죠. 이후의 일은 어떻게 되든 신경 쓰지 않았습니다. 후회도 없었고요.

자신이 하고 싶은 일 외에는 아무것도 하지 못한다. 저의 경우는 이것이 좀 극단적이었습니다. 하고 싶은 일을 하지 못하면 월수입 100만 엔이 날아가도 아무렇지 않았습니다. 결혼에 실패한 것도 그렇습니다. 저는 결국 평범한 가정을 꾸리지 못했습니다. 세상에서 말하는 행복한 가정이란 것이 제게는 편안하지 않고 거북해서 견딜 수가 없었습니다.

1년 반 만에 헤어져 아이도 없었는데, 지금 생각해보니 가정을 꾸린다는 것 자체가 제게는 불가능한 일이었다는 사실을 알고 있었던 겁니다. 자녀 양육을 택할 것이냐 일을 택할 것이냐, 하는 상황에 저 자신을 놓고 싶지 않았던 거죠. 처자를 위해서 일하는 건 그야말로 자연스러운 일이지만, 제가 그 상황에 놓이게 된다면 틀림없이 적응장애를 일으켰을 거예요.

대학은 2014년부터 새로운 코스(개그만화 코스)를 만들기로 결정하고, 그 창설 과정을 제게 맡겼는데 저는 그 직전까지도 아무 일을 하지 못했습니다. 우울증 상태에 빠져 더는 수업이 불가능하다는 사실을 깨닫고 다나카 게이이치 씨에게 도움을 요청했습니다. "다나카 씨, 대학에 나오지 않으시겠습니까?"라고 물었더니 그도 마침 이직을 생각하고 있었던 듯 기꺼이 와 주었습니다. 그렇게 해서 다나카 씨와 함께 둘이서 1년 동안 수업을 진행했습니다. 저 혼자서는 도저히 버틸 수 없는 상황이었으니 다나카 씨에게는 정말 큰 도움을 받은 것입니다.

대학을 그만둘 무렵에는 이미 대학의 일도, 그전까지 머물렀던 만화업계도 전부 지긋지긋해져서, 정신적으로 깊은 수렁에 빠져 있었습니다. 하지만 대학을 그만두면 〈덴노마보〉를 계속할 수 없습니다. 이러지도 저러지도 못하는 진퇴양난에 빠져 지푸라기라도 잡아보겠다는 심정으로 정신과에 가서 적응장애 진단서를 받아왔습니다. 교수회를 마치고 난 뒤, 학부장에게 신고했죠. 그랬더니 대학의 간부교원과 직원들이 우르르 몰려오는 바람에, 저는 그대로 둘러싸여버리고 말았습니다.

대학은 저를 다루는 데 꽤 애를 먹고 있었던 듯했습니다. 저는 그들에게 진단서를 보여주고 "사정이 이러하니 일을 계속할 수 없게 되었습니다"라고 말했죠. 그때 학부장이 보여주었던 안심한 듯한 표정을 잊을 수가 없습니다. 이렇게 해서 1년 동안 휴직한 뒤, 저는 대학을 그만두게 되었습니다.

그 이후부터 저는 〈덴노마보〉를 제 생업으로 정하고 전념하기로 결심했습니다. 돈이 솟아날 구멍은 전혀 보이지 않았지만, 이건 남은 인생을 걸고 해볼 만한 가치가 있는 일이라고 생각했기 때문이었죠. 이 책의 마지막 장에서 〈덴노마보〉에 대해서 이야기하겠습니다. 제가 인생을 걸고 해나가고 있는 일을, 프리랜서의 삶에 대한 마지막 이야기로 해보려고 합니다. ●

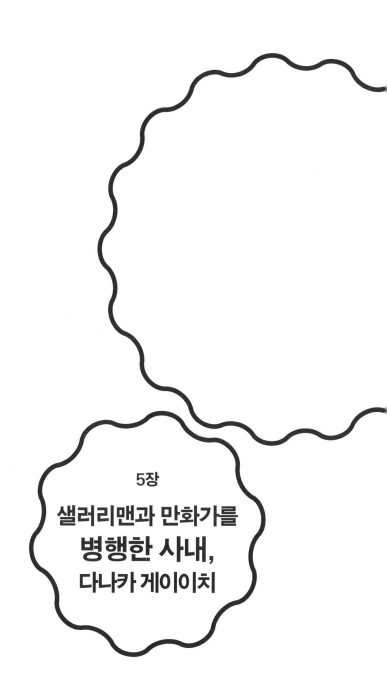

5장

샐러리맨과 만화가를
병행한 사내,
다나카 게이이치

다나카 게이이치(田中圭一)

1962년 오사카 출생. 만화가. 교토 세이카대학 만화학부 개그만화 코스 준교수. 대학 재학 중에 고이케 가즈오 게키가손주쿠(小池一夫劇画村塾) 고베(神戸) 교실에 들어가 1984년 《미스터 가와도(ミスターかワード)》로 만화가 데뷔. 《닥터 지치부야마(ドクター秩父山)》가 애니메이션화되는 등 인기를 누리고 있다. 패러디를 제재로 한 동인지도 다수 발표하고 있다. 최근 작품으로는 《펜과 젓가락(ベント箸)》, 《우울증 탈출》 등이 있다.

이색적 겸업 만화가

　　　　　　다나카 게이이치 씨는 만화가로 저
명한데, 프리랜서치고는 별종이라고 할 수 있습니다. 데뷔 이후
30년 이상 프리랜서 만화가로, 그리고 전혀 성격이 다른 분야에
서 샐러리맨으로 동시에 일을 해왔거든요. 회사 일로 만화를 그
리고 있는 게 아닙니다. 만화는 휴일을 이용해서 그리는데 단행
본도 벌써 스무 권 이상 가지고 있는 베테랑 프로 만화가입니다.

　1984년 긴키대학 재학 중에 《미스터 가와도》로 데뷔, 이후
일관되게 음담패설을 가미한 과격한 개그만화를 그리고 있죠.
다나카 씨는 대학을 졸업한 뒤 대형 완구제조사에 취직했고,
이후 30년 이상 이직을 되풀이하면서도 만화가와 샐러리맨을
겸하며 지금까지 지내고 있습니다. 상업지 연재를 끊임없이 계
속하고 있는 만화가 가운데 샐러리맨도 절대로 그만두지 않는
사람을, 저는 다나카 씨 외에는 본 적이 없습니다.

　다나카 씨는 지금까지 다섯 번 회사를 옮겼고, 지금은 교토
세이카대학 만화학부의 준교수로 있습니다. 동시에 다섯 번째

로 취직했던 회사도 촉탁이라는 형식으로 아직 그만두지 않고 있고요. 이런 가운데 지금도 만화(《우울증 탈출 – 우울증 터널에서 빠져나온 사람들》,《다나카 게이이치의 펜과 젓가락 – 만화가가 좋아하는 음식》,《젊은 혈기의 끝 게임크리에이터의 청춘》)를 연재하고 있으니 (참고로《우울증 탈출》은 현재 판매 부수 33만 부를 넘어선 초대형 베스트셀러가 되었다), 다나카 씨의 머릿속은 어떻게 이루어져 있는지 지금도 신기할 따름입니다. 창작활동과 샐러리맨, 특히 영업직은 정반대라고 해도 좋은 일이어서, 일반적으로 겸업에는 커다란 어려움이 따르게 마련이니까요.

"겸업작가라고 하면 옆에서 보기에 매우 신기한 듯 어떻게 일을 하고 있느냐는 질문을 자주 받습니다만, 제게는 그것이 디폴트(초기값)입니다. 대학 재학 중의 일인데 취직하기 반년 전에 《미스터 가와도》로 만화가로 데뷔했고, 그 이후 잡지에 《닥터 지치부야마》를 연재하게 되었습니다. 샐러리맨이 되는 것보다 작가로 데뷔한 것이 빨랐던 겁니다. 연재를 맡고 있는 상태에서 완구제조회사인 A사에 취직이 내정되었는데, A사에 만화에 대한 일은 숨기고 겸업하고 있었습니다. 1986년의 일이었습니다. 평일에는 일을 하고 주말에는 만화를 그리는 생활을 계속해왔기에 이제는 익숙해져서 특별히 힘들지는 않습니다."

이런 만화가는 정말 드뭅니다. 소설가나 작사가라면 간혹 있을지도 모르겠습니다. 작사·작곡가인 오구라 게이 씨는 작사·작곡을 하며 한편으로는 제일권업은행에 장기간 근무하여 은행장 후보에까지 올랐습니다. 다수의 히트곡을 가지고 있는 뮤지션으로서는 매우 드문 경우입니다. 하지만 작사·작곡과 만화는 작업 시간이 다릅니다. 만화는 아이디어뿐만 아니라 그림을 그리는 일에도 상당한 시간이 들기 때문입니다.

다나카 씨의 경우는 샐러리맨으로 성실히 일하면서 주말과 공휴일 전부를 만화 집필에 할애하는 생활을 30년 이상 계속해왔습니다. 그래서는 하루도 쉴 수 없죠. 샐러리맨을 그만두고 전업작가가 돼야겠다고 생각한 적은 없었을까요?

"물론 있었습니다. 직장생활이 힘들 때는 그렇게 생각했죠. 제가 A사에서 일할 때는 마침 버블경제기였기에 영업 달성 목표가 작년 대비 130%라는 식으로 정해지는 경우가 아주 흔했어요. 평일엔 일로 힘들었기 때문에 휴일에만 만화에 몰두했습니다. 시험공부가 힘들 때, 현실 도피 차원에서 온갖 아이디어가 떠오르곤 하지 않습니까? 그것과 마찬가지입니다. 자전거 페달을 밟는 것처럼 만화가나 샐러리맨 어느 한쪽을 그만두면 앞으로 나아갈 수 있을 것 같지 않다는 생각이 들었죠."

퀴리 부인은 연구에 지치면 기분전환을 위해 고등수학 문제를 풀었다고 하는데, 제게는 마치 그런 얘기처럼 들렸습니다. 그러나 영업직에 있는 샐러리맨과 만화가는 서로 극과 극에 있는 일인 만큼, 다나카 씨처럼 성실한 성격의 사람들에게는 의외로 만화 작업이 '기분전환'이 되는 경우가 있을지도 모르겠습니다.

원래부터가 취미였다 할지라도 아마추어와 프로는 하는 일의 의미가 다릅니다. 프로의 일에는 발주자(출판사)의 요구와 마감이 있고, 그것을 철저하게 지켜야만 프로라 불릴 수 있는 것입니다. 다시 말해서 다나카 씨는 성격이 다른 두 개의 '프로'를 30년 이상 계속해온 것입니다. 당연한 얘기지만 프로에게는 고용주와 고객에 대한 책임이 따릅니다. 다나카 씨는 전혀 다른 두 개의 책임을 한 몸에 떠안고 있는 셈입니다. 다나카 씨를 알고 있는 많은 프로 만화가들이 경탄하는 이유가 바로 여기에 있습니다. ◆

샐러리맨으로서의 이력

　　　　다나카 씨의 특이한 점은 만화를 계속 그리면서 회사를 몇 번이나 옮겼다는 점입니다. 그동안 만화 단행본을 몇 권이나 냈고, 대형 출판사에서 연재도 했습니다. 이런 경우 퇴사를 계기로 만화를 전업으로 삼는 것이 일반적입니다.

물론 만화가는 프리랜서 일이어서 예능인과 마찬가지로 인기로 먹고살기 때문에 계속해나가기가 어려운 직업이기는 합니다. 한 베테랑 만화 편집자가 편집후기에 다음과 같은 내용의 글을 쓴 적이 있습니다.

'만화가는 10년 계속하면 훌륭한 작가, 20년 계속하면 천재, 30년 계속하면 괴물.'

그렇습니다, 30년 계속하는 사람은 괴물입니다. 그런데 다나카 씨는 그 30년을 샐러리맨 겸업으로 해왔습니다. 이런 사람은 어떻게 표현하면 좋을까요?

"저는 운이 좋았습니다. 샐러리맨으로 직장을 옮길 때마다 재미있는 일을 하게 되었거든요. 처음 A사에 들어간 것은 1986년, 버블경제 시기였기에 참신한 상품이 많이 나왔고, 또 잘 팔렸습니다. 그 후 1996년에 옮긴 B사는 게임회사였는데 버블이 터지고 난 후에 게임 붐이 일었습니다. 따라서 저도 그렇고 주변 모두가 고조되어 있었죠. B사에는 5년 동안 재직했습니다. 처음에는 CG부문에서 허드렛일을 했습니다만, 전에 다니던 A사에서 영업을 한 경험도 있었기에 매니저와 같은 일을 하게 되었습니다. 게임 전체를 총괄하는 자리에서 두 작품을 만들었죠."

게임회사에서는 다나카 씨의 아이디어로 한 중진 만화가에게 캐릭터 디자인을 의뢰하는 등 즐겁게 일했다고 합니다. 그런데 2000년대에 들어서면서 게임 붐이 식기 시작했습니다. 다나카 씨가 근무하던 B사도 점점 경영부진에 빠지게 되었죠.

"1990년대 후반의 게임 붐으로 각사에 은행으로부터의 과도한 융자가 집중된 상태였습니다. 제가 있던 B사도 그랬죠. 전에 있던 A사가 버블경제 이후 침체에 빠진 것을 보았기에, 성장을 전제로 한 B사의 경영계획을 보고는 위험하다고 직감했습니다. 아니나 다를까, 계획대로 되지 않았고 그런 가운데 제가 기획했던 게임을 6개월 만에 만들라는 지시가 내려왔죠. 게임은 길면 3년, 일반적으로도 만드는 데 1년이 걸리니 강행군을 하지 않을 수 없었습니다. 저는 어쨌든 기한을 지키는 것을 최우선으로 삼았기에 게임으로서는 균형을 잃은 작품이 되어버렸습니다. 그 일로 회사와 사이가 거북해졌을 무렵, C사에서 만화 그리기 소프트웨어를 만든다는 사실을 알게 되었습니다. 거기라면 만화가로서 제가 가지고 있는 스킬과 지금까지의 회사원 경험을 잘 살릴 수 있지 않을까 생각해서 이직했죠."

다나카 씨가 C사에 입사한 것은 2001년 여름. 처음 들어갔던 A사에서 1986년부터 1996년까지 10년. 버블붕괴 후 A사를 그만두고 2개월의 공백을 거쳐서 경기가 좋았던 게임업계의 B사에 입사. 그 B사를 2001년 여름에 그만두고 C사에 입사한 것입니다. 샐러리맨으로서도, 만화가로서도 17년이 흘렀습니다.

그런데 C사는 반년 만에 그만두고 말았습니다. 사장이 독불장군이어서, 넘치는 의욕으로 입사한 다나카 씨의 제안이 거의 대부분 무시되었기 때문입니다. 격렬하게 흥분한 사장이 무시로 호통을 쳐대서 견디지 못하고 그만두는 사원들이 속출하던 때였습니다.

"저도 일찌감치 다니기 싫어져서 반년 만에 그만두었습니다. 그 후 게임개발용 소프트웨어를 만들고 있는 D사에 입사하게 되었습니다. 사원의 대부분이 엔지니어이고 영업직 사원은 없는 것이나 다를 바 없는 작은 회사였습니다." ★

왜 우울증에 걸렸을까

▷

　　　　　　　사실 다나카 씨의 심적 상태는 D사
에 입사했을 때쯤부터 조금씩 나빠지고 있었습니다. 우울증에
걸린 겁니다. 오랫동안 만화가와 샐러리맨 두 가지 일을 했다는
점도 힘들었을 테지만, 그보다는 회사 내 인간관계에서 받은 스
트레스가 쌓여 있었다는 점이 주원인이었습니다.

"D사에 들어가자마자 바로 우울증에 걸린 건 아닙니다. 회
사원으로서의 제게는 묘한 운이 있어서 이직하고 처음에는 일
이 아주 순조롭게 풀리는 경우가 많았어요. D사는 기술 관계
사원들이 모인 회사였기에 제가 들어간 해에는 일이 순조로워
서 주위로부터 '영업을 아는 사람이 들어오면 성적이 이렇게
오르는구나'라는 칭찬도 들었습니다. 하지만 아무래도 제 실력
이상으로 일이 순조롭게 풀려간다 싶을 때쯤 성적이 떨어지기
시작했고 그러자 두려운 생각이 들었습니다. 이 업계에서의 영
업은 '기술영업'이라 불리는 일로, 원래는 프로그래머였던 사

람이 영업을 담당합니다. 저는 게임회사에서 근무하기는 했지만 개발을 했던 것도 아니고, 프로그램에 대해서 알고 있는 것도 아니었습니다.

아주 순조롭게 가다가 실적이 떨어지기 시작하자, 일을 소홀히 하고 있는 것 아니냐, 이 회사에 들어온 이상 프로그램 공부를 해야 하는 것 아니냐, 라는 목소리가 나오더군요. 5년차쯤 되었을 때부터 어려움을 느끼기 시작해서, 지금 생각해보면 명백한 우울증 상태에 빠져버리고 말았습니다."

회사 일이 자신과 맞지 않아 그만두어야겠다고 생각하면서도 스스로 자신이 없어서 회사에 남기로 한 다나카 씨. 결국은 10년이나 머물게 되는데 마음이 가라앉은 상태는 조금도 나아지지 않았습니다. 이건 좀 이상하다 싶어 스스로 여러 가지로 조사해보고 나서 아무래도 우울증 같다는 사실을 깨달았다고 합니다.

마음의 병에 걸리는 결정적인 요인은 환경이라고 생각합니다. 이러한 경우, 최고의 대처법은 그 환경에서 벗어나는 것입니다. 다시 말해서 직장을 그만두는 거죠. 아마 그 어떤 약보다도 효과가 있을 겁니다. 하지만 그것은 동시에 생활이 불안정해진다는 의미이기도 합니다. 마흔 살을 넘으면 재취업의 기회는 좀처럼 찾아오지 않습니다. 그렇기에 대부분의 사람들은 그만두고 싶어도 그만두지 못하고 현실에 꽁꽁 묶여서 병이 악화되어버리고 맙니다.

"제 생각도 그렇습니다. 우울증은 환경적 요인이 매우 큽니다. D사는 거의 프로그래머들로 구성된 회사로 영업사원은 저밖에 없는 상태였습니다. 가장 싫었던 건 제게 말을 걸어올 때의 거리감이었는데, 주로 지적이나 질책이 메일로 날아왔어요. 사원의 대부분이 집중해서 프로그램 코드를 쓰고 있기 때문에 그런 회사에서는 그것이 일반적입니다만, 영업 쪽에서만 일해온 저는 좀처럼 적응하기 어렵더군요."

우울한 상태에서 어떻게든 회사 안에 자신이 머물 자리를 만들어보려고 다나카 씨는 새로운 기획에 착수했습니다. 그림을 그리지 못하는 사람이라도 만화를 처음부터 제작할 수 있도록 하는 만화제작 지원 소프트웨어를 개발하는 일이었죠. 만화제작 소프트웨어이니 자신의 경험을 최대한 활용할 수 있으리라 생각한 겁니다. 옆에서 보기에는 새로운 기획에 열중한 것처럼 보였을지 모르겠으나, 사실은 '회사에 머물 자리가 없어진다!'는 초조함에 가득 차 있었다고 합니다.

처음에 다나카 씨는 기획서만 회사에 제출하는 게 아니라 단번에 작동하는 소프트웨어 형식으로 프레젠테이션을 하려고 했습니다. 전례가 없는 소프트웨어였기 때문입니다. 회사 밖에 있던 프로그래머 친구에게 사양을 이야기해서 시험작을 제작했습니다. 시험작의 제작비는 전부 사비로 충당했다고 합니다.

일단 작동하는 소프트웨어를 만든 뒤, 사장에게 개발 승인을 받았습니다. 그런데 본 제품 개발을 의뢰한 하청업체가 너무나도 형편없었습니다. 일을 받는 단계에서는 할 수 있다고 해놓고, 막상 작업에 착수한 뒤에는 그렇게 어려운 문제가 아닌데도 이런저런 이유로 할 수 없다고 발뺌하기 시작한 겁니다.

결국에는 사내의 우수한 인재가 일을 맡아 거의 처음부터 다시 만드는 형태가 되어버렸다고 합니다. 비용도 두 배 정도 들었기 때문에 사내에서 평가가 떨어졌다고 하고요.

"한직에 앉게 되었고 일도 주지 않았습니다. 권고사직을 종용하는 상황이었죠. 하지만 당시엔 우울증이 있어서였는지, 직장을 옮겨도 일이 뜻대로 되지 않을 거라는 생각만 들더군요. 결국 사장에게 '6개월 뒤에 그만둘 수 없겠나?'라는 말을 듣게 되었습니다."

다나카 씨가 A사에서 일할 때는 상당히 우수한 영업사원이었습니다. 그러니 D사에서 무능한 사원으로 낙인찍혔다는 사실을 납득할 수가 없었죠. 이에 이직을 결심하고 E사에 근무하고 있던 친구에게 무슨 일이든 좋으니 자리 좀 없겠느냐고 말을 꺼냈습니다.

마침 E사에서는 전자서적으로 만화잡지를 만들어보자는 이야기가 나온 상황이었다고 합니다. 게다가 E사는 영업 관련 사람들이 많아서 활기찬 분위기였고요. 다나카 씨는 옛 A사에서 일하던 때가 떠올랐답니다. 자신에게는 이런 직장이 맞는다고 새삼스럽게 깨달았고요. 참고로 다나카 씨가 D사에서 기획했던 만화제작 지원 소프트웨어는 열렬한 팬층이 형성되어 지금은 해외판도 제작되고 있을 만큼 인기를 얻고 있답니다. ▶

우울증 터널에서 탈출

◯

"카운슬링을 받으러 다니기 시작한 것이 조금 늦었습니다. D사에 더는 있을 수 없다는 통보를 받고 나서야 다니기 시작했으니까요. 거기서 책 한 권을 만나게 되었습니다. 자신이 우울증에 걸렸던 정신과 의사의 수기인데, 우울증에 대해 정말 잘 이해할 수 있었고 대처법도 효과가 있었습니다. 덕분에 D사에 들러붙어 있을 필요는 없다고 생각하게 되었고 이직까지 할 수 있었죠. 다음에 옮긴 E사에서도 처음에는 일이 잘 풀려나갔습니다. 전자서적을 판매하는 회사였는데 오랜 시간 만화가로 활약하며 쌓은 인맥도 있어서 여러 작가들의 참여를 받아 캠페인을 성공적으로 마칠 수 있었습니다. 그런데 시간이 지나니, 이번에도 제 기획이 전부 받아들여지지 않게 되었죠."

다나카 씨의 머릿속에서 좋지 않은 기억들이 되살아났습니다. B사, C사, D사에서 받았던 냉담한 반응들이 다시 살아나는 듯했죠. 첫 번째 회사인 A사에서는 아무런 문제도 없었는데 그 이후에 옮긴 회사에서는 왜 하나같이 곱지 않은 시선을 보내는 걸까? 이런 생각이 들어 친구에게 상담을 해보았습니다.

그 친구는 다음과 같은 말을 들려주었습니다. "그야 당연한 일이지. 만화가를 하면서 회사원을 하고 있는 사람을 동료들이 어떻게 볼지 모르겠어? 드라마의 남자주인공 같은 아이가 전학을 오면 여자아이들은 호들갑을 떨며 좋아하겠지만 주위의 남자아이들은 싫어하는 것과 같지."

E사에서의 일은 전자 만화잡지를 만드는 일이었습니다. 그 일에서는 다나카 씨의 만화가로서의 연줄을 마음껏 활용할 수 있었습니다. 편집자가 만화가와 이야기를 하는 것과 만화가가 동업자에게 이야기하는 것은 그 의미가 다릅니다. 다나카 씨는 베테랑 작가이자 만화업계에서는 능력을 인정받고 있는 존재였으니까요.

"제 만화가로서의 인맥이 E사에 도움이 되긴 했는데, 그건 저만 할 수 있는 일이어서 주위의 상사나 동료들은 그 점이 마음에 들지 않았을지도 모르겠습니다. 다음 일부터 갑자기 기획에 대한 대응이 엄격해졌죠. 저는 마침내 '인간은 질투하는 동물'이라는 사실을 깨닫게 되었습니다."

다나카 씨가 E사에 있기 거북해진 2014년의 바로 그 순간, 교토 세이카대학을 노이로제 상태에서 그만둬야겠다고 생각한 제가 교수 자리를 권한 것이었습니다. 만화가와 샐러리맨을 30년 동안 동시에 해온 다나카 씨는 사무적인 일이 많은 대학 교원에 꼭 맞는 사람 같았죠. 만화가로서도 이름이 알려져 있고, 인품도 좋고, 언변도 좋으니 교직에 딱 어울렸습니다.

만 1년 동안 제 수업을 다나카 씨와 공동으로 담당했는데, 미치기 직전에 있던 저에게도 도움이 되었고 직장을 그만둘 생각이었던 다나카 씨에게도 뜻하지 않은 도움의 손길이 되었습니다. 대학의 만화학부에는 만화가밖에 없으니 지금까지와 같은 '질투'도 있을 리 없었고요. ●

틈새의 작가

지금까지는 '회사원'으로서 살아온 다나카 게이이치 씨의 경력을 살펴보았습니다. 지금부터는 세상이 '다나카 게이이치'를 인식하고 있는 이미지인 만화가로서의 발걸음을 한번 살펴보기로 하죠.

일반적으로 평일에는 회사원, 주말에는 만화가라는 생활이 양립하기는 어렵습니다. 샐러리맨에게도 만화가에게도 고충은 있지만 '고충의 종류'가 다른 것일지도 모릅니다. 샐러리맨에게는 '직장의 인간관계에서 오는 고충'이 있지만, 만화가에게는 그건 없죠. 그렇다면 만화가로서의 고충은 없었을까요?

"만화가로서 벽에 부딪힌 적도 물론 있죠. 데뷔가 1984년, 첫 연재인 《닥터 지치부야마》가 1986년에 시작되어, 이후 10년 정도 극화풍의 그림을 계속 그려왔습니다."

만화계에서는 10년에서 20년 주기로 화풍의 유행과 쇠퇴가 일어납니다. 1970년대에는 《고르고13》 등, 강약이 있는 굵은 터치의 선으로 사실적인 인물을 그리는 극화풍의 그림이 전성기를 맞았습니다만, 1980년대에 들어서자 가는 터치의 선으로 순정만화처럼 눈이 시원스러운 소녀를 그리는, 이른바 '모에 그림'의 시대가 도래했습니다. 다나카 씨는 선이 굵은 극화에서 모에 그림으로 넘어가는 과도기에 데뷔했는데, 그 시기에는 이미 시대에 뒤떨어진 것이 되어버린 극화풍의 그림으로 과격한 개그를 그려 자신의 개성을 확립했죠. 하지만 10년 동안 같은 노선을 유지해왔기에 독자들이 '싫증'을 느끼기 시작한 겁니다.

"1994~1995년에 단기 연재를 맡게 되었습니다만 인기가 없었어요. 담당 편집자에게 '편집장이 선생님의 화풍을 좋아하지 않는다고 합니다'라는 말을 들었죠. 제 화풍에 싫증이 난 게 아니라, 그림 자체가 싫었던 것이라는 사실을 알게 되었습니다. 어떻게든 화풍을 바꾸자고 생각했다가 시행착오를 겪었습니다. 당시의 아내는 데즈카 오사무의 열혈 팬이었는데, 사후 10년이 지나서 데즈카풍의 그림이 오히려 새롭게 여겨지는 상황이 되어 있었습니다. 이에 데즈카풍의 그림으로 개그를 그려보기로 했죠."

모 잡지에 실험적으로 '데즈카풍 개그'를 그렸더니 호평을 받았습니다. 그런데 그곳의 편집장이 다나카 씨의 담당 편집자를 통해서 '다나카 씨에게 이 화풍으로 그림을 그리게 하지 말라'고 요청해왔습니다. 그 편집장은 다나카 씨가 거장을 모욕하고 있다고 느낀 걸지도 모르겠습니다.

하지만 화풍과 소재 사이의 틈새(간극)가 클수록 웃음의 강도는 강해집니다. 그리고 다나카 게이이치 씨는 '틈새의 작가'라고 할 수 있습니다. 만화가가 자신의 화풍을 바꾸기란 매우 어려운 일이지만, 다나카 씨는 모토미야 히로시와 같은 극화풍의 그림이나 데즈카 오사무처럼 누구나 알고 있는 거장의 화풍으로 원작자라면 절대로 그리지 않았을 '실없는' 개그를 그렸죠. 거기서 생겨나는 강렬한 간극과 의외성이 개그작가인 다나카 게이이치 씨의 특징이라고 할 수 있습니다.

"저는 데즈카풍의 그림에서 커다란 가능성을 느꼈기에 가능하다면 조금 더 그 터치로 그림을 그리고 싶었어요. 처음에는 색정적인 잡지에 4쪽 정도의 연재로 전개를 해나갔는데 그 후 《COMIC CUE》에서 의뢰가 들어왔습니다. 데즈카에게 존경을 표하는 헌정 특집호였죠."

1980년대는 패러디의 시대였습니다. 거장이나 유명 작가들이 놀림감이 되고 패러디되었지만, 무슨 이유에서인지 데즈카 오사무만은 누구도 패러디하지 않았죠. 거장 중의 거장이어서 감히 엄두를 내지 못한 면도 있겠지만, 데즈카 자신이 사실은 패러디를 좋아해서 진지한 작품 속에도 개그나 패러디적 요소를 삽입하는 작가였기에 개그로 삼기 힘들었을지도 모릅니다.

다나카 씨의 데즈카 패러디는 만화계의 '맹점'을 찌른 것이라고 할 수 있습니다. 무엇보다 다나카 씨의 데즈카 그림은 오리지널과 똑같습니다. 하지만 단순한 모사가 아닙니다. 몇 번이고 연습해서 원작에 없는, 그러나 데즈카 오사무가 그렸다고밖에 여겨지지 않는 그림을 그렸던 것입니다.

다나카 씨는 데즈카의 그림 스타일로 거장이라면 절대로 그리지 않았을, 더없이 실없는 개그만화를 그렸습니다. 이것이 만화계의 화젯거리가 되어 다나카 씨는 다시 만화가로서의 제일선에 서게 되었죠.

"당시 제가 새로 고용한 어시스턴트는 《닥터 지치부야마》를 모르는 세대로 《신벌》(2002)부터 저를 알고 있었기에, 틀림없이 데즈카 선생님의 마지막 어시스턴트가 데즈카 선생님의 위대함도 모른 채 제멋대로 아무렇게나 만화를 그리는 거라고 생각했답니다.(웃음) 거의 신인이 받는 스포트라이트를 다시 한 번 받은 것이나 마찬가지였어요. 어쨌든 데즈카풍 만화의 성공 덕분에 앞으로 10년 동안은 만화가로서도 먹고살 수 있겠구나 싶어 마음이 놓였습니다."

일반적으로 개그 작가의 수명은 5년, 길어야 10년이라 일컬어집니다. 개그 만화가는 하나밖에 없는 고깃덩어리를 열심히 떼어 먹는 것이나 다를 바 없다고 말한 평론가도 있었죠. 수명이 다하면 거기서 끝이라는 말입니다.

다나카 씨는 화풍을 바꿔 개그 만화가로서의 수명을 연장하는 데 성공했습니다. 이것을 샐러리맨과 병행해서 계속해온 거죠. ◆

영업력을 만화에 활용하다

인터뷰를 할 당시 다나카 씨는 자신의
우울증 체험을 만화로 그린《우울증 탈출》을 〈문예 가도카와〉에
연재하고 있었습니다. 동시에 완전히 똑같은 만화를 〈note〉라는
인터넷서비스에서도 유료로 공개했죠. (《우울증 탈출》이 현재 베스
트셀러가 되었다는 사실은 앞서 이야기했습니다.)

"당초《우울증 탈출》은 〈문예 가도카와〉에 연재하기로 얘기
가 됐는데 웹 연재라는 이유로 개런티가 낮았습니다. 이래서는
어시스턴트도 쓸 수 없겠는데, 만만치 않겠어, 라고 생각하고
있을 때 CAKES(현 피스오프케이크)의 가토 사다아키 씨에게서
CAKES가 주최하고 있는 〈note〉에도 연재할 수 있다면 부족한
금액을 보전해주겠다는 말을 들었습니다. 그런 경위로 〈문예
가도카와〉와 〈note〉에서 동시 연재를 하게 되었습니다. 원고료
도 페이지로 환산하면 1페이지당 1만 5천 엔을 넘는 상태가 되
었죠. 이 연재는 웹용으로 컬러판을 만들었고, 단행본으로 낼

때를 대비해 흑백판도 일부러 병행해 제작하고 있습니다."

만화가로서 다나카 씨가 특이한 점은 전자서적 시대로 넘어가는 과도기에 일하는 방법을 유연하게 변화시켜가고 있다는 점입니다. 이제는 옛날처럼 작가가 출판사에 떼를 쓸 수 있는 시대가 아니니까요.

〈문예 가도카와〉와 〈note〉에서의 동시 연재도 프로듀스는 다나카 씨 자신입니다. 전자잡지인 〈문예 가도카와〉에서는 원고료를 받고 있습니다만, 종이잡지보다 원고료가 낮기 때문에 어시스턴트를 고용하면 적자가 되어버립니다. 이에 타사에서 경영하는 〈note〉에도 같은 작품을 연재하는 거죠. 〈note〉는 일러스트·만화·소설 등을 유저가 자유롭게 발표할 수 있는 SNS로, 스스로 작품에 가격을 매겨서 판매할 수도 있습니다. 이 두 가지 기술을 한꺼번에 구사함으로써 통상적인 만화잡지에 연재할 때와 비교해봐도 뒤지지 않는 원고료를 받아낸 거죠.

다나카 씨는 동인지도 제작해서 판매하고 있습니다. 이는 저자가 스스로 작은 출판사를 경영하는 경우와 같습니다. 앞서 소개한 제 글 〈동네 빵집 같은 출판사〉가 힌트가 되었다고 하는군요.

"표현의 폭을 넓히기 위해 웹에서 마쓰모토 레이지를 패러디하고 있었는데 이를 태어나서 처음 동인지로 만들어 출판했더니 3천 부가 팔렸어요. 그때 마침 〈우주전함 야마토 2199〉라는 애니메이션이 시작되었습니다. 그 작품의 캐릭터 디자인은 마쓰모토 레이지 씨가 한 게 아니었습니다. 하지만 저희 세대에게는, 야마토 하면 마쓰모토 레이지 아닙니까? 그럼 마쓰모토의 터치로 그려보자! 라고 생각해서 시작한 거예요. 그것을 동인지 전문점인 코믹토라노아나에서 판매했더니 70%의 인세가 들어왔습니다. 이때 다케쿠마 씨가 말씀하신 '동네 빵집' 같은 출판사의 의미를 체감할 수 있었죠."

예전에 다나카 씨가 고가이 단 씨와 대담을 했을 때 고가이 씨가 '팬이 3천 명만 있으면 먹고살 수 있다'고 말한 적이 있다고 합니다. 다나카 씨는 참으로 옳은 말이라고 생각했답니다. 그 3천 명이 줄어들지 않고 조금이라도 늘어나게끔 의식하며 일한다고 합니다. 3천 명의 고정 팬이 생겼을 때, 그보다 더 많은 팬을 확보하기 위해서 새로운 것을 시작하느냐, 고정 팬을 유지하기 위해서 작품을 지키느냐는 판단이 엇갈리는 부분입니다. 만화가 같은 프리랜서라 할지라도 비용에 대한 감각은 중요하다고 다나카 씨는 강조합니다.

"지금 화제가 되고 있는 웹툰 가운데 어시스턴트를 쓰고 있는 작품은 거의 없지 않습니까? 잡지만화의 경우에는 적합한 장소를 찾아서 사진을 찍기도 하고, 어시스턴트를 고용하기도 하고… 그런 식으로 진행했습니다만, 웹 시대에 그래서는 버틸 수가 없습니다." ★

만화가에게 웹의 가능성

▷

　　　　　　　　다나카 씨는 새로운 연재를 시작할 때면 자신이 웹상의 정보 사이트에 보도자료를 보냅니다. 홍보도 자신이 하는 것입니다. 페이스북과 트위터도 사용합니다.

"〈우울증 탈출〉을 홍보할 때에는 '#정신과'와 같은 해시태그를 붙이기도 했습니다. 저를 모르는 분들도 보실 수 있도록 말이죠. 여러 가지 방법을 시험해보는 것은 재미있는 일입니다."

다나카 씨에 의하면 트위터보다는 페이스북이 '동네 빵집'에 더 가까운 느낌이 든다고 합니다. 페이스북은 상대방의 얼굴이 보이기 때문에 주변의 고정 팬에게 확실히 전달되는 것 같은 느낌이 있다는 것입니다. 한편 트위터는 개인이 사용하는 매스미디어에 가깝습니다.

"지금은 웹툰 덕분에 WOWOW˚라든가, 총무성이라든가, 전혀 관계가 없었던 곳에서도 일을 받을 수 있게 되었습니다."

이렇게 말하며 다나카 씨는 웃었습니다. ▶

° 일본의 사설 위성방송 업체.

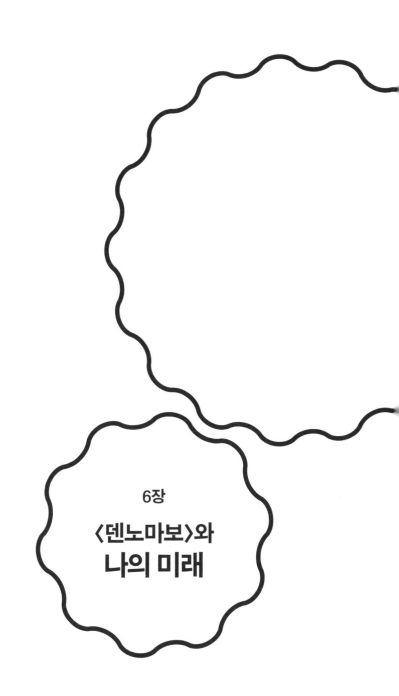

6장

〈덴노마보〉와
나의 미래

〈덴노마보〉의 시작

○

　　　　　지금부터는 제가 〈덴노마보〉라는 만
화 게재 사이트를 시작한 이야기를 해보겠습니다. 제가 다마미
에서 '만화문화론'이라는 만화 수업을 시작한 것은 2003년 봄
이었습니다. 다마미에서 처음으로 시작한 만화 수업이었기에
첫해에는 750명이나 되는 수강생이 몰려들었습니다. 과제로
제출된 레포트를 전부 채점할 수 없어서 만화를 그려 제출하라
고 했죠. 만화라면 훨씬 빨리 채점할 수 있으니까요.

　그랬더니 첫해에 미즈노 사야카 씨의 〈가족 싸움〉 등 정말
우수한 작품을 그리는 학생들을 만날 수 있었습니다. 그 작품
들을 세상에 소개하고 싶었습니다. 〈가족 싸움〉은 지금도 〈덴
노마보〉에 게재되고 있으며 6년 이상이나 인기 랭킹 상위를
유지하고 있는 작품입니다.

　미즈노 씨가 이 작품을 그린 것은 아직 대학 1학년이었던
열여덟 살 때입니다. 전부 종이에 그린 아날로그 원고로, 펜의
사용법과 배경과 톤 작업까지 완벽하게 프로 수준의 원고였습

니다. 다마미술대학은 무사시노미술대학과 함께, 일반 대학으로 치면 와세다대학과 게이오대학에 상당하는 사립 미술대학의 최고봉이라 할 수 있습니다. 그 정도의 대학에는 수준 높은 학생들이 있는 법이로구나, 하고 감탄했습니다.

그로부터 거의 매해 우수한 학생들을 만날 수 있었습니다. 그러나 그런 학생이 반드시 만화가를 지망하는 건 아닙니다. 저는 미즈노 씨가 천재가 아닐까 생각했지만, 미즈노 씨는 만화가가 되지 않고 게임회사에 취직했습니다(지금은 오우히도 사야카라는 이름을 쓰는 일러스트레이터가 되었습니다).

그 무렵부터 일본은 점점 불경기에 빠지기 시작해서 만화를 그리는 학생들도 이건 취미라고 분명히 선을 긋곤 했습니다. 일반 기업에 취직하는 것을 먼저 고려하는 것이죠. 물론 작가가 된 사람도 있지만 지금 다시 돌이켜봐도 그 정도의 재능을 가진 사람이 프로 만화가가 되지 않다니, 실로 만화업계의 손실이라고 생각되는 학생들이 몇 명이나 있었습니다. 그래서 어떻게든 그런 만화가와 작품들을 세상에 소개하지 않을 수 없다고 생각하게 된 거죠.

사실은 2003년부터 저는 이미 학생·아마추어 작품을 소개하는 인터넷 사이트를 만들어야겠다고 생각하고 있었습니다. 하지만 2003년은 트위터도 유튜브도 시작되지 않던 시절이라 인터넷상에 만화 미디어를 만들기에는 장벽이 조금 높았습니다. 저는 프로그래밍도 할 줄 모르고, 알고 지내는 프로그래머도 없었습니다. 무엇보다 자본이 없었죠. 그래서 종이 동인지여도 상관없으니 우선 발표의 장을 만들기로 했습니다. 종이로 만들면서 제 경력의 출발점인 편집자로서의 감각을 되살려보기로 한 겁니다.

2008년 말에《코믹 마보》를 창간했습니다. 동인지라면 패키지 요금으로 만들 수 있어서 사비로도 예산을 충당할 수 있었습니다. 이미 있는 작품을 게재하는 거니까 원고료는 지불하지 않는 것으로 했죠.

《코믹 마보》창간호는 디자인을 다마미의 대학원생인 야마시타 사토시 군에게 부탁했습니다. 지금은 우수한 디자이너가 되었죠. 저는 그가 만든 MAVO의 로고가 무척 마음에 듭니다. 표지는 일러스트레이터(현재는 만화가)인 마루야마 가오루 씨에게 의뢰했습니다. 이미 그때도 아는 사람은 다 아는 실력파였죠. 이런 과정을 거쳐 2008년 연말, 코믹마켓에 출품했습니다. 거의 2009년이었기에 표지에는 WINTER 2009라고 표기했고요.

직접 작업한 편집자로서 상당히 완성도 높은 잡지가 만들어졌다고 생각했습니다. 창간호에는 다마미의 학생들, 그리고 일부 무사시노미술대학 학생들의 작품을 실었습니다. 무사시노미술대학 학생들의 작품을 넣을 수 있었던 건, 다마미에서의 제 수업이 미대생들 사이에서 화제가 되어 무사시노미술대학뿐만 아니라 도쿄조형대학, 도쿄예술대학 등에서 만화를 그리고 있던 학생들이 청강하는 경우가 많아서였습니다. 수업을 마치면, 그런 청강생들이 '제 작품도 봐주십시오' 하고 요청을 해와서, 저는 다른 학교의 수준 높은 학생작가들과도 알게 되었죠.

전혀 기대하지도 않았는데 저는 만화 편집자로서 매우 좋은 위치에 서 있다는 걸 깨달았습니다. 출판사 편집자도 아닌데 수준 높은 학생작가들과 알고 지낼 수 있었으니까요.

제가 젊었을 때인 1980년대 초, 뉴웨이브라 불리는 신감각파 작가 오토모 가쓰히로와 다카노 후미코 등이 속속 데뷔해 만화계에 선풍이 불어닥친 적이 있었습니다. 그들이 주로 집필하고 있던 것은 발행 부수가 많지 않은 마이너 잡지였는데 전부 열성적인 만화 팬을 대상으로 한 것이었죠. 오토모 가쓰히로 등은 거기서 메이저 잡지로 진출할 발판을 마련했습니다. 새로운 작가(뉴웨이브)들이 속속 등장했던, 그리고 열기가 있었던 30여 년 전과 다를 바 없을 정도로 수준 높은 재능들이 2000년대에도 여전히 존재하고 있었죠. ●

재능은 언제나 묻혀 있다

　　　　　　하지만 지난 30년 동안 만화계는 변질되었고 '판매 트렌드'에 따른 작품이 확립되었기 때문에, 상업주의적 척도에서 벗어난 새로운 재능들을 멀리하게 되었죠. 잡지의 방침에 작가가 맞추지 않는 한 데뷔할 수 없는 시대가 되어버린 겁니다. 그렇게 묻혀버린 재능들은 프로작가가 되기를 단념한 채 동인지나 완전히 취미의 세계로 들어가 그림을 그렸습니다. 그러나 그런 작가에게도 작품이 완성되면 누군가가 읽어주기를 바라는 마음이 있게 마련입니다.

　문제는 '발표의 장(미디어)'이 없다는 점이었죠. 그들 가운데는 출판사에 작품을 보여준 사람도 있었습니다. 그러나 상업매체에서는 자신이 그리고 싶은 작품을 그릴 수 없어서 포기하고, 생업은 다른 곳에서 찾는 한편 인터넷이나 동인지에 작품을 발표하는 길을 택한 사람도 많았습니다.

　상업 편집자는 이런 재능을 가진 사람들의 존재를 거의 모릅니다. 상업잡지의 편집자는 오랜 세월 배부른 장사를 해왔기 때문에, 애초부터 편집부에 떡하니 앉아서 신인이 먼저 찾아오기를 기다리기만 하니까요. 재능이 있어도 투고하거나 작품을 편집부로 가져가지 않는 사람들의 존재를 알 도리가 없는 거죠.

하지만 조금만 발품을 팔면, 예를 들어서 동인지 즉석판매회를 부지런히 돌아다니는 노력만 해도 그런 재능들을 손쉽게 찾아낼 수 있습니다. 즉석판매회만이 아니라 인터넷에 〈피크시브〉라는, 오래된 만화·일러스트 투고 사이트가 있는데, 거기에는 매일 방대한 숫자의 '취미 작품'이 투고되고 있습니다. 〈피크시브〉에는 인기 랭킹이라는 게 있는데 투고작품 수가 너무 많아서 대부분의 사람들은 랭킹 상위에 있는 작품만 읽을 뿐입니다. 이곳을 통해서 상업적으로 데뷔를 하는 사람도 많지만, 저는 순위권 밖에 '진짜 재능'이 잠들어 있다고 생각합니다.

〈피크시브〉의 랭킹에 올라 있는 사람들은 어떤 종류의 경향성이 강합니다. 그것을 '판매 트렌드'라고 할 수 있을지도 모르겠습니다. 애니메이션적인 모에 계열이라고 해야 할지, 오타쿠 계열이라고 해야 할지, 어쨌든 그런 현재 유행하는 작품 경향 가운데서 기술적으로 뛰어난 사람들이 상위권에 위치하게 됩니다. 거기에 들어가지 않는, 그러나 재능을 가진 사람은 순위권 밖에 있죠. 거기에 '미래의 판매 트렌드'가 묻혀 있다고 저는 확신하고 있습니다. ◆

프리랜서의 궁극적인 꿈, '개인 미디어'

　　　　　　오너가 되어 직접 편집하는 '개인 미디어'를 갖고 싶은 꿈은 제가 프리랜서로 출판과 관계된 일을 시작하기 전부터 일관되게 품고 있었습니다. 프리랜서는 통상적으로 기성 출판사로부터 인정을 받아 거래를 하지 않으면 생활할 수 없습니다. 이른바 '업계 사람이 된다'는 것은, 어떤 분야의 업계에서 프로로 작업을 인정받는 걸 말하죠.

　업계란 그 분야의 일에서 발생하는 이익의 분배 시스템으로, 업계 사람이 되지 못하면 시스템의 은혜를 입을 수 없습니다. 사원·프리를 불문하고 '업계 사람이 된다는 것'은 '프로가 된다는 것'과 거의 같은 뜻입니다. 프로는 존경을 받거나 프로라는 사실에 자부심을 품고 있는 사람이 많은데, 그건 업계로부터 '선택받은 사람'이기 때문입니다.

　그런데 저는 인터넷을 접하면서 처음으로 기성 업계 밖에 '나만의 업계'를 만들 수 있지 않을까 하는 가능성에 눈을 뜨게 되었죠. 원래부터 저는 출판사에서 일하면서도 오랜 세월 뭔가 이상하다는 느낌을 지울 수가 없었거든요. '타인의 처마 끝을 빌려서 장사를 하고 있다'는 의식이 늘 따라다녔습니다. 그래서 프리 신분이었으면서도 '영업'을 해본 적이 거의 없습니다.

프리랜서의 가장 커다란 영업은 작업 그 자체입니다. 출판사 편집자는 그 프리랜서가 실제로 행한 작업을 보고 다음 작업을 발주하죠. 상대방이 의뢰한 일이라면 마음에 맞지 않을 경우 거절할 수도 있습니다. 자신이 먼저 제안한 경우라면 설마 이쪽에서 거절할 수는 없습니다.

제게는 '좋은 일'을 할 수 있는 조건이 있는데, 그것은 '자신의 기획으로, 끝까지 내 뜻대로 작업을 할 수 있어야 한다'는 것입니다. 이는 편집장과 신뢰관계가 있어야 한다는 것이 전제조건입니다. 거기에 '내용은 다케쿠마 마음대로 해도 좋다'고 한다면, 저는 최대한의 능력을 발휘할 수 있습니다. 아이하라 고지 군과 함께 작업했던 《사루만》은 상업지의 작업치고는 거의 '일임'하는 형식이었으며, 편집부는 처음부터 끝까지 저희 마음대로 일할 수 있도록 지원해주었죠.

《패미쓰》에 하뉴 뉴준 군과 함께 〈패미쓰의 그것〉이라는 이상한 만화를 1993년부터 1995년까지 연재했을 때도 내용은 저희에게 '일임'했었습니다. 《QUICK JAPAN》이라는 잡지에 〈터무니없는 사람들〉이라는 인터뷰 기획을 연재했을 때도 인터뷰

할 사람을 선택하는 일에서부터 페이지 구성, 도판 선택까지 100% 제게 맡겨주었고요.

역시 《QUICK JAPAN》에서 마련한 〈에반게리온〉의 안노 히데아키 감독과의 인터뷰 때도 구성뿐만 아니라 레이아웃의 러프 스케치까지 제가 했습니다. 레이아웃의 러프 스케치는 일반적으로 편집자의 일입니다. 편집장인 아카타 유이치 씨가 저를 믿고 맡겨주었기에 가능한 일이었습니다.

위에서 언급한 책들은 전부 제가 30대 때 작업한 것인데 지금까지도 저의 대표작들입니다. 이런 작업을 할 수 있었다는 것만으로도 행복했다고 말할 수 있습니다. 이렇게 '자유로운 작업'을 할 수 있는 기회는 쉽게 찾아오지 않는 법이니까요. 저는 앞서 '편집부의 주문을 받아서 마감에 맞춰 평균점 이상의 일을 하는 것이 프로'라고 말씀드렸습니다만, 제 일에 관해서는 편집자가 자유롭게 맡겨주었기에 평균점을 훨씬 뛰어넘어 100점짜리 일을 해낼 수 있었다고 자부하고 있습니다. 그 결과 몇 십 년이 지나서도 저의 대표작으로 남은 거죠.

따라서 저는 제 자신의 정의에 의하면 '아마추어로서의 일'을 할 수 있었을 때 인생 최고의 일을 해냈던 셈이 됩니다. 제가 생각해도 모순이긴 합니다만, 이것 역시 진실입니다. ★

프로란 '그 일로 생활이 가능한 사람'

▷

　　　　　　　　아마추어로서는 도저히 따라잡을 수
없을 정도로 수준 높은 일을 하는 것이 프로라는 인식이 일반
적인 통념이라고 생각합니다. 이러한 정의에 해당하는 프로도
물론 여럿 있습니다만, 엄밀하게 말하자면 옳지는 않습니다.

　왜냐하면 저는 프로보다 훨씬 더 뛰어난 재능을 가지고 있어
서, 수준 높은 작품을 만들어낼 수 있는 아마추어가 존재한다
는 사실을 알고 있기 때문이죠. 애초부터 〈덴노마보〉를 창간한
동기도 어설픈 프로보다 수준이 높은 작품을 그리는 아마추어
작가들을 제 눈으로 직접 보았기 때문입니다.

　따라서 프로에 대한 저의 정의는 '그 일로 생활이 가능한 사
람'일 뿐, 작품 수준의 높고 낮음과는 그다지 관계가 없습니다.
물론 만드는 작품이 중학생 수준이라면 프로가 될 수 없는 게
당연합니다. 그런데 제가 보기에 '기술적으로는 뛰어나지만 어
디가 재미있는 것인지 전혀 알 수 없는 작품을 그리는 프로 작
가'가 얼마간 있는 건 틀림없는 사실입니다. 어째서 그런 '프로

작가'에게 일이 있는 것인가 하면 대부분의 경우 '편집자가 주문하는 대로 작품을 그리고, 동시에 마감을 반드시 지키기 때문'입니다.

저는 그런 프로 작가를, 물론 본인 앞에서 직접 말하지는 않지만, '작가로서는 범용, 프로로서의 재능은 백 점 만점'이라고 생각합니다. 작가로서의 재능과 프로로서의 재능은, 기본적으로는 다른 것입니다.

그런 연유로 프로네, 아마추어네 하는 것과는 상관없이 '작가 본위·작품 본위'를 편집 방침으로 삼아서 〈덴노마보〉를 만들어왔는데, 반성해야 할 점도 있습니다. 앞서도 이야기한 것처럼 〈덴노마보〉에는 상당히 높은 수준의 만화를 그리지만 데뷔할 마음이 별로 없어서 투고도 출판 제안도 하지 않는 사람이 다수 포함되어 있습니다. '재능은 있으나 투고도 출판 제안도 하지 않는 사람' 중에는 작가성이 너무 강해서 상업적인 일을 하지 못하는 사람이 얼마간 들어 있습니다.

그런 사람은 편집자가 필요하지 않으며, 혼자 만화를 그리고 싶어하는 사람입니다. 그러나 만화는 만화가가 만드는 것과 마찬가지로 잡지는 편집자가 만드는 것입니다. 그리고 작가가 없으면 편집자가 잡지를 만들 수 없는 것과 마찬가지로 작가도 역시 편집자를 만나지 못하면 자신의 작품을 발표할 수 없습니다.

반대로 말하자면 바로 그렇기 때문에 상업지는 부진을 면치 못하고 있지만 동인지 즉석판매회는 활황을 이루고 있는 거라고 생각합니다. 이제 동인지와 상업지는 세계가 완전히 갈려서 동인지에서 인기 있는 작가 가운데 상업지에는 그리고 싶어하지 않는 작가들도 있습니다. 왜냐하면 동인지에서 더 자유롭게 그릴 수 있는데다, 정상급 동인지 작가가 되면 상업지에서 그리는 것보다 돈도 더 많이 벌 수 있기 때문입니다.

그런 연유로 예전과는 달리 업계에 우수한 신인작가가 모이지 않게 된 현재, 편집자의 일은 크게 바뀌었습니다. 예전처럼 신인상이나 원고를 보내오는 작가 중에서 재능을 찾아내는 것뿐만 아니라, 편집자가 적극적으로 동인지 즉석판매회나 인터넷을 보고 재능을 발굴해서 '만화가가 되실 마음은 없으십니까? 저희 출판사에서 데뷔해보지 않으시겠습니까?'라고 설득하지 않으면 좋은 작가를 얻을 수 없게 된 거죠. 씨름단의 감독이 각 지방에서 열리는 대회에 선수들을 데리고 참가한 김에 지방 고등학교나 대학의 씨름부를 둘러보고 가능성 있어 보이는 학생 선수를 스카우트하는 것과 비슷한 경우입니다. ▶

아사이 뷰어

◯

　잡지 《코믹 마보》는 2008년 말부터 2010년 여름까지 다섯 권을 냈습니다. 그 무렵 저는 적을 두고 있던 대학의 보너스를 대부분 《코믹 마보》의 인쇄비로 쓰고 있었죠. 전환점이 찾아온 것은 같은 대학에서 강사를 하고 있던 프로그래머 아사이 야스시 씨를 만났을 때였습니다. 그에게 "사실은 인터넷 잡지로 만들고 싶지만 인터넷에 있는 코믹 뷰어는 무겁기도 하고, 쓸데없는 조작이 필요하기도 하고, 화면에 쓸데없는 장식이 달려 있기도 해서 보기 어려운 것들뿐입니다. 어디 좋은 뷰어 없을까요?"라고 물어보았더니, 아사이 씨 자신이 프로그래밍해서 만들어주었습니다.

　아사이 뷰어는 동작이 경쾌하고 위아래의 스크롤에도, 일반 서적처럼 페이지를 열어 보는 것에도 대응할 수 있는 뛰어난 것이었죠. 쓸데없는 장식이 없어서 화면을 크게 볼 수 있다는 것도 매력적이었습니다. 이러한 프로그램을 업자에게 발주하면 200~300만 엔은 듭니다. 그것을 아사이 씨는 무료로 만들어준 겁니다. 아사이 뷰어가 생겨난 덕분에 오랜 꿈이었던 웹툰 잡지의 실현성이 급속하게 높아졌죠.

이렇게 해서 2012년 1월 24일에 인터넷 만화 잡지 〈덴노마보〉가 시작되었습니다. 이미 종이책으로 《코믹 마보》를 다섯 권 만들어놓았기에 거기서 작품을 2~3일에 한 편씩 갱신하는 것만으로도 반년은 계속 이어갈 수 있다는 계획이 세워졌습니다. 그 이후부터는 학생 작품, 동인지나 인터넷에서 눈에 띄는 작가에게 부탁해 작품을 〈덴노마보〉에 게재했죠. 반년쯤 지나고부터는 투고도 하나둘 모이게 되었습니다. ●

초기 웹툰의 사정

　　　　　〈덴노마보〉를 창간한 2012년은 신기하게도 '웹툰 원년'이라고 할 수 있을 만한 시기였습니다. 쇼가쿠칸이 인터넷에 〈우라선데이〉(현 〈만화원〉)를 창간한 것이 2012년 4월, 슈에이샤(集英社)가 〈이웃집의 영점프〉를 창간한 것이 같은 해 6월, 이외에도 대형 만화 출판사들이 그해에 웹매거진을 줄줄이 창간했죠. 2013년에는 NHN PlayArt가 코믹 애플리케이션인 〈comico〉를, DeNA가 〈만화박스〉를 창간했습니다. NHN이나 DeNA는 출판사가 아니라 IT기업입니다. 이외에도 만화가인 아카마쓰 겐 씨가 2011년에 〈J코믹〉(현 〈만화도서관 Z〉)를, 사토 슈호 씨가 2012년에 〈만화 on WEB〉을 시작했습니다. 이들은 작가 입장에서 설립한 만화 게재 사이트입니다. 〈덴노마보〉도 굳이 말하자면 이 범주에 들겠죠.

　어쨌든 2011년에서 2013년 사이에 만화를 게재하는 인터넷 사이트가 대부분 진용을 갖추게 되었습니다. 그 이전부터 휴대전화기로 만화를 구독하는 '휴대전화 코믹'은 있었지만, 그것들은 이미 종이책으로 출판되었던 만화 작품의 권리를 빌려 휴대전화기로 근근이 판매하는 모델이었죠. 2011년 이후에 출현한 출판사 계열·IT 계열·작가 계열의 만화 발신 사이트와는 성질이 달랐습니다. 2011년 이후 그들 사이트나 앱은 PC나 스마트폰에 '신작 만화'를 연재해서 광고수입을 얻는 것뿐만 아니라 종이 단행본을 출판해서 이익을 얻는 모델로 발전해, 이전의 종이 매체에서 하던 만화 연재를 인터넷에서 대행하려는 것이었습니다. 그만큼 기성 매체에 의한 만화 비즈니스가 정체되기 시작했다는 거겠죠. 종이라는 것만으로 출판 비용이 전자의 몇 배나 드니까요. 물론 출판사로서는 종이 단행본 사업을 버릴 수는 없으니, 종이 잡지의 적자를 메꿔보겠다는 발상인 겁니다.

어쨌든 일본의 만화 시장은 예전과 달리 출판사의 독점적 지배에서 벗어나고 있는 상황입니다. IT자본, 해외자본이 일본의 만화 시장을 노리고 활발하게 움직이고 있기 때문입니다.

그런 가운데 아마추어·세미프로 작가를 중심으로 한 〈덴노마보〉는, 처음에는 제 주머닛돈으로 운영을 시작한, 불면 날아갈 것 같은 사이트였지만, 이 책을 쓰고 있는 현재는 6년차에 돌입했으니 '의외로 오래가네'라고 여길지도 모르겠습니다. 수익이 나고 있지는 않지만 초저가 비용으로 운영하고 있어서 지속 가능했던 거죠.

물론 현재 〈덴노마보〉는 법인화했기에 이익을 내겠다는 의욕은 매우 큽니다. 그러나 그것은 종전의 만화 출판 비즈니스와는 매우 다른 형태가 될 겁니다. 무엇보다 우리 같은 약소 기업이, 자본이 있는 곳과 정면으로 경쟁해서 이길 리가 없으니까요. (참고로 2018년 현재 〈덴노마보〉의 비즈니스는 〈덴노마보〉에 게재했던 작품을 타사에 발신하는 것에서, 신작 연재를 〈덴노마보〉에서 편집해서 타사에 발신하는 모델로 이행해가고 있습니다.) ◆

7장

애니메이션계의 혁명아가 직면한 '서른의 벽', FROGMAN

FROGMAN(프로그맨)

CG 크리에이터, 성우, 감독, 주식회사 DLE 이사. 〈비밀결사 매의 발톱〉을 2006년 지상파에서 발표한 후, 2007년 극장 공개. 이후 TV·영화 시리즈를 차례차례로 공개했다. 독자적인 세계관과 프로듀스 수법이 인기를 얻어 유명 원작을 패러디화한 리프로듀스에도 종사했다. 2017년 가을, 할리우드 굴지의 DC 슈퍼히어로들과 매의 발톱단의 콜라보레이션 영화인 〈DC슈퍼히어로즈 vs 매의 발톱단〉을 공개. 그 외에도 TBS 라디오 〈THE FROGMAN SHOW A.I 공존 라디오 호기심 가족〉의 MC도 맡고 있다.

깨닫고 보니 프리랜서가 되어 있었다

〈비밀결사 매의 발톱〉으로 잘 알려진 애니메이션 감독 FROGMAN 씨를 〈천재 바카본〉 제작 직후에 만나 인터뷰했습니다. FROGMAN 씨는 44세(인터뷰 당시)인데, 20대에는 실사영화 분야에서 일했습니다. 실사영화의 감독을 목표로 삼고 있었죠. 그런데 30세를 눈앞에 두고 '벽'에 부딪혔습니다. FROGMAN 씨의 경우는 마흔의 벽이 아니라 서른의 벽이었던 셈입니다.

"영화업계에 종사하는 사람들은 원해서 프리랜서가 되는 게 아닙니다. 영화 스튜디오는 1960년대부터 붕괴되기 시작해서, 제가 들어간 1980년대에는 프리랜서로 밑바닥 생활을 하는 것 외에는 선택지가 없는 상황이었죠. 제작회사가 업무위탁이라는 형식으로 프리랜서에게 제작을 의뢰하는 구조입니다. 녹음기사나 조명기사 같은 현장의 제작진을 사원으로 고용할 여유가 없었죠. 그러니 도제제도처럼 감독을 스승으로 모시고 현장에서 일을 배울 수밖에 없었어요. 고용계약 같은 건 없습니다. 처음 사회인이 되었을 무렵 저는 일단 회사에서 근무하는 몸이었습니다만, 1년이 지나자 프리랜서가 되어 있었습니다. 그렇게 될 수밖에 없었던 겁니다. 프리랜서가 어떤 것인지 이해하기 전부터 이미 '프리랜서였던' 거죠.(웃음) 확정신고네, 보험이네 하는 게 뭔지도 모른 채로 프리랜서가 된 꼴이었습니다. 그 위험성은 되고 나서야 깨달았습니다."

영화사에는 원래 감독, 배우, 스태프 전원이 사원으로 고용되어 있었습니다. 패전 후 한동안 영화는 '오락의 왕'이었고 영화계 사람들은 자신들만의 '세상의 봄'을 구가하고 있었죠. 1958년이 영화 관객 동원의 정점으로, 약 11억 명이나 됩니다. 일본인 전원이 한 달에 열 번은 영화관에서 영화를 본 셈인 거죠.

그런데 1950년대 말에 출현한 텔레비전으로 인해 점차 영화관에서 관객이 멀어지더니 14년 후인 1972년에는 관객 동원 수가 1억 3천만 명까지 떨어집니다. 자그마치 10분의 1로 줄어버린 거죠. 수요가 10분의 1로 줄었다는 건, 보통은 업계의 붕괴를 의미합니다.

어려움에 빠진 영화사는 사원이었던 감독이나 배우, 모든 현장의 스태프들을 '독립'시켜버립니다. 독립이라고 하면 듣기엔 좋을지 모르지만, 한마디로 구조조정입니다. 이렇게 해서 영화계는 간신히 살아남은 거죠. 결과적으로 영화는 원칙적으로 프리랜서에 의해 만들어지게 되었습니다.

"제가 처음 했던 것은 제작부의 일이었습니다. 영화를 찍을 때 감독이 자신과 사이가 좋은 제작부 주임에게 일을 의뢰하면 저희에게 일이 떨어지는 구조입니다. 제작부가 무슨 일을 하느냐면 도시락 준비, 차량 섭외, 촬영지 물색, 화장실 확보 등 화면에 비치지 않는 부분의 준비를 하는 겁니다. 화면에 비치는 부분에 대한 준비는 연출부에서 하고요. 저는 감독이 되고 싶었으니 연출부에 들어가야 했지만, 속아서 제작부에 들어가버렸죠.(웃음) 날이 갈수록 일이 늘어서 연출부로 가고 싶다는 마음은 어딘가로 날아가버리고 말았습니다. 영화만이 아니라 TV와 관계된 일, CM, V시네마° 등 여러 가지를 했습니다. 마지막에는 조감독까지 했죠." ★

° 극장 개봉은 하지 않고 비디오 상품용으로 제작하는 영화.

서른, 시마네 현으로 이주하여 독립

▷

　　　　　　　서른 무렵, FROGMAN 씨는 영화 관련 일로 시마네 현에 가게 되었습니다. 그곳에서 지금의 아내와 만났습니다. 도쿄에서의 일을 그만두고 시마네에서 부인과 살기로 했죠. 서른이 되어 영화 일에 대한 고민이 정점에 달했다는 이유도 있었고요.

　FROGMAN 씨는 스태프로 일하는 젊은 영화인들의 대부분이 그렇듯이 언젠가는 감독이 되고 싶었습니다. 영화계에서 '작가'로 취급받는 것은 감독과 각본가뿐이니까요. 그러나 20대나 30대에 감독이 되기는 매우 어려운 시대가 되어 있었습니다. 감독이 되지 못한 채 프리랜서로 계속 살아가야 한다는 사실에 커다란 불안감을 품게 된 거였죠.

　"프리랜서로서 가장 물이 오른 시기는 30대에서부터 40대 초반까지로, 할 수 있는 일도 늘어나고 발놀림도 가볍습니다. 하지만 제작부의 50대, 60대 선배들을 보면 1년에 한두 건밖에 일이 들어오지 않아, 아르바이트를 하는 사람도 많았습니다. 감독보다 나이가 많아지면 일도 얻기 힘들어집니다."

FROGMAN 씨는 도쿄에서의 영화 일을 그만두고 시마네로 들어가버렸습니다. 산속에 월 3만 엔짜리 집을 빌려 부인과 함께 살기로 했죠. 거기서 뭘 하려고 했던 걸까요? FROGMAN 씨는 당시 막 보급되기 시작한 인터넷으로 시선을 돌렸습니다. 2000년 무렵의 이야기입니다.

"인터넷에 동영상을 올리는 일이라면 시마네에서도 할 수 있지 않을까 하고 생각했습니다. 인터넷에 올리는 동영상이니 단가는 저렴할 거라고 예상했죠. 따라서 그 일을 맡기는 것은 아주 작은 회사나 지방의 회사가 되리라 생각했습니다. 그래서 저는 시마네에 '마이크로 프로덕션'이라는 제작회사를 설립했습니다. 시마네의 방송국에도 영업을 해보았지만 전혀 먹혀들지 않았습니다. 지금 생각해보면 아주 당연한 일입니다. 당시는 인터넷이 막 보급되기 시작했을 무렵이었기에 발신 비즈니스도 없었고 어필리에이트도 정비되어 있지 않았으니까요."

그런 그가 '앞으로는 인터넷이다'라고 확신하게 된 계기는 무엇이었을까요?

"그 무렵 피터 바라칸 씨의 〈CBS 다큐멘터리〉를 보았더니
미국에서는 이미 어딘가의 황야에 스튜디오를 만들어 방송을
제작, 발신하는 IT벤처가 있었습니다. 그걸 보고 지방의 시설
유지비가 싼 장소에서 인터넷을 이용해 전 세계에 영상을 발신
하는 비즈니스모델이 성립되지 않을까 생각했던 거죠."

2000년은 아직 유튜브도 니코니코 동영상도 없었던 때. 동
영상을 발신하기에는 너무 이른 시기였습니다. 저금은 바닥
을 드러냈고 연수입도 60만 엔까지 떨어졌습니다. 산속에 빌
린 집의 월세도 반년이나 체납되었습니다. 그 무렵 아내가 임
신 소식을 알려왔습니다. 출산 비용으로 50만 엔이 든다는 사
실을 알고 절체절명의 위기에 빠지고 말았죠.

그랬기에 그는 '개인 애니메이션 제작'을 생각하게 되었습니
다. 실사의 경우는 감독과 카메라맨, 배우 등 최소 몇 명의 스
태프가 필요하지만, 애니메이션이라면 혼자서도 할 수 있을 거
라 생각한 거죠.

애니메이션을 만들어야겠다고 생각하는 사람은 보통 '그림'
이 그 계기가 됩니다. 그림을 잘 그려서, 그림을 움직이고 싶어

서 애니메이션을 만들려고 하는 법입니다. 그러나 FROGMAN 씨는 중학교 때 이후로는 그림을 제대로 그려본 적이 없었습니다. 애니메이션 마니아도 아니었습니다. 그래도 애니메이션을 만들어야겠다고 생각한 것은 어째서였을까요?

"일을 혼자서 완결 지을 수 있으면 통상적인 애니메이션 제작보다 비용을 훨씬 절약할 수 있지 않을까 생각했습니다. 그래서 애니메이션을 만들기로 결심했죠."

놀랍게도 '개인 제작이라면 비용이 적게 든다'는 것이 가장 중요한 이유였던 겁니다. 보통 30분짜리 텔레비전 애니메이션을 만들려고 하면 제작비가 1,300만 엔 정도는 필요합니다. 대부분이 인건비입니다. 수십에서 수백 명이 투입되어 만드는 애니메이션을 혼자서 제작할 수 있다면 제작비를 수십 분의 1, 수백 분의 1로 축소할 수 있습니다. ▶

자신이 '할 수 있는 일'만으로 승부하다

◯

그런 일이 개인의 힘으로 가능할까요?

"당시 이미 플래시(Flash) 애니메이션이 2채널에서 화제가 되고 있었습니다. 1990년대 말부터 유행하기 시작했으니 2002년에 플래시를 시작한 저는 후발주자였죠. 〈스가이 군과 가족석〉이 첫 애니메이션 작품으로 2004년에 만들었습니다. 아이가 태어날 예정이어서 현금 50만 엔이 필요했기에 비장한 각오로 만든 작품입니다. 영상제작 파트를 혼자서 해야겠다고 생각했더니 소거법에 의해서 애니메이션만 남았다는, 그런 느낌인 거죠. 각본은 쓸 수 있다, 그림도 그럭저럭 그릴 수 있다, 목소리는 나오니 성우도 전부 혼자서 하겠다, 됐다, 애니메이션을 만들자, 이렇게요."(웃음)

FROGMAN 씨가 애니메이션을 만들기 시작한 2004년은 PC의 성능이 향상되고 플래시와 인터넷이 보급되어 개인이 제작한 애니메이션을 인터넷에서 널리 발표하는 분위기가 무르익은 최초의 시기에 해당합니다. 신카이 마코토 같은 인기 작가도 나왔습니다. FROGMAN 씨는 애니메이션에 대한 경험은 없었지만, 이미 10년이나 영화 제작을 경험했기에 각본도 쓸 줄 알았고 편집도 할 수 있었습니다. 플래시는 간단한 그림도 움직일 수 있는 소프트웨어입니다. 이 소프트웨어가 없었다면 천하의 FROGMAN 씨도 애니메이션을 만들겠다고는 생각하지 않았을 겁니다.

FROGMAN 씨는 처음부터 '비용을 절감'할 수 있는 방법을 철저히 고수했습니다. 그 점이 다른 애니메이션 감독들과 다른 점이죠. 〈스가이 군과 가족석〉은 개인이 제작한 전 10화 중 8화까지를 인터넷의 자기 사이트에서 공개하고, 전 10화를 수록한 DVD를 스스로 제작해 인터넷에서 판매했는데, 그 재미가 인터넷 유저들 사이에서 큰 화제가 되면서 DVD를 5천 장이나 팔았다고 합니다. 그건 굉장한 일입니다. 〈스가이 군과 가족석〉을 DVD로 만들 때 '제작비 100만 엔을 내겠습니다'라는 제의가 있었지만 거절했다고 하니 더 놀라지 않을 수 없습니다.

"당시는 연수입 60만 엔 정도였지만 거절하기를 참 잘했습니다." ●

생산비를 어디까지 절감할 수 있을까

　　　　　　　FROGMAN 씨가 성공할 수 있었던 비결은 이 '철저한 코스트 의식'에 있었습니다. 동시에 처음부터 '출자자를 모집하지 않는 자세'를 철저하게 유지했습니다. 보통 애니메이션은 비싼 제작비를 충당하기 위해 스폰서를 모집해서 제작합니다. 당연히 창작자에게는 권리의 일부밖에 돌아가지 않고 이익의 대부분은 스폰서가 가져가죠. 자신의 작품인데도 발표조차 자기 마음대로 할 수 없게 되어버립니다. 영상업계의 문제점을 잘 알고 있었던 FROGMAN 씨는 최저 비용으로 작품을 만듦으로써 '자신의 작품에 대한 권리를 전부 자신이 갖겠다'는 영상업자의 '꿈'을 실현한 것입니다.

　오로지 혼자서 제작한 애니메이션이 인터넷 게시판에서 화제가 되어 DVD가 5천 장이나 팔렸다는 사실은 그에게 커다란 자신감을 심어주었습니다.

　"DVD가 잘 팔린다는 사실도 기뻤지만, 광고에 대한 이야기가 있었습니다. 리쿠르트에서 애니메이션 CM을 만들어달라는 의뢰가 들어왔죠. 시마네의 잘 알지도 못하는 사내에게 의뢰를 해왔을 정도이니 다른 라이벌은 없었습니다.(웃음) 지금의 플래시 애니메이션은 일반적인 스튜디오에서도 도입하는 수법이 되었지만, 당시는 나온 지 얼마 되지 않았던 때였습니다. 2005년, JAWACON이라는 플래시 애니메이션의 컨벤션에 참가해서 여러 기업으로부터 제의를 받았습니다만, 대부분은 DVD를 제작하고 싶다는 것이었습니다. 하지만 저는 타사에서 DVD를 제작하는 데는 별로 흥미가 없었습니다. 제가 팔면 된다고 생각했기 때문이죠. 그 가운데서도 저의 '빠르고 싸다'는 점을 가장 높이 평가해준 사람이 시이키(DLE사장) 씨였습니다. 그래서 DLE에 참가해야겠다고 생각했죠."

제가 FROGMAN 씨와 처음으로 알게 된 것도 JAWACON에서였습니다. JAWACON은 2005년에 한 번밖에 개최되지 않았는데 개인 제작 애니메이션 작가와 영상회사, 출자자를 연결시켜줄 목적으로 개최된 특이한 영상 견본시(見本市)입니다. FROGMAN 씨 외에도 NHK 등에서 활약하고 있는 애니메이션 작가 라레코 씨와 프로듀스 회사가 만나는 장소가 되기도 했죠.

DLE는 전 미국 소니의 라이선스 부문장으로 있던 시이키 류

타 씨가 창설한 회사로 인도의 애니메이션 회사에 CM을 발주하는 등, 저비용으로 독특한 일을 하고 있었습니다. 그 시이키 씨의 안테나에 FROGMAN 씨의 '싸고 빠르고 재미있는' 애니메이션 작품이 포착된 거였죠. ◆

빚을 지지 않는 크리에이터만큼 강한 자도 없다

FROGMAN 씨가 2006년에 DLE에서 처음으로 손을 댄 작품이 대표작인 〈비밀결사 매의 발톱〉이었습니다. 단번에 텔레비전 시리즈로 이어졌죠. 테레비아사히의 심야시간대 방영권 수천만 엔을 DLE에서 사들여 방영되었는데, 제작비는 그 10분의 1 이하였습니다. 아마도 역사상 예산이 가장 적게 든 애니메이션 방송이 아니었을까 싶습니다.

제작 당시 저는 DLE에 종종 놀러가서 현장을 견학하곤 했습니다. 그때 본 작업방식은 실로 놀라운 것이었습니다.

① 우선 FROGMAN 씨가 각본을 쓴다.

② PC에 마이크를 연결하고 이불을 덮어씌워 잡음을 차단한 다음, FROGMAN 씨가 목소리를 수록한다(여러 목소리를 혼자서 녹음).

③ 작품 시간에 맞춰서 음성을 편집한다.

④ 완성된 음성에 미리 그려둔 캐릭터 그림을 삽입하고 입만 움직여서 그림을 완성시킨다(캐릭터 그림의 대부분은 상반신뿐).

처음 〈비밀결사 매의 발톱〉의 텔레비전 시리즈를 제작했을 때, 스태프는 FROGMAN 씨를 포함해서 고작 세 명이었습니다. 플래시를 처음 보는 사람도 있었습니다.

"저는 실사업계에 있었을 때부터 일본의 콘텐츠 비즈니스는 돈이 너무 많이 든다는 문제의식을 가지고 있었습니다. 애니메이션 한 편을 만드는 데 수천만 엔, 시리즈는 억 단위의 돈이 필요합니다. 그래서는 애니메이션 스튜디오가 자신들의 자본만으로 제작비를 부담할 수 없게 됩니다. 그렇기 때문에 제작위원회 방식으로 대리점, 출판사, 방송국 등이 모여 출자하게 되는 거죠. 이렇게 되면 이미 비즈니스적 요구가 강해져서, 좋은 작품을 만들 자신이 있어도 함부로 찍을 수 없게 됩니다. 위원회가 싫다고 하면 그걸로 끝이고요. 그렇다면 작품을 만들 때 비용을 줄여 누구에게도 돈을 빌리지 않으면 원하는 대로 작품을 만들 수 있지 않을까 하는 생각이 들었습니다. 히트를 친 경우, 수익도 우리에게 고스란히 돌아오는 구조가 되지 않을까 생각했습니다."

제작비만 받는다 할지라도 남에게 돈을 빌리는 한, 아무리 작품을 히트시켜봐야 출자자가 자기 몫을 가져가버리기 때문에 남는 돈은 새 발의 피인 경우가 흔합니다. 애니메이션이나 실사영화나 마찬가지입니다.

〈비밀결사 매의 발톱〉은 누구에게도 돈을 빌리지 않았기에 정말 자유롭게 만들 수 있었다고 합니다. DLE가 테레비아사히의 심야방송권을 사서 방영한 것도 이례적이죠. 지금까지 애니메이션의 비즈니스모델은 제작위원회를 구성해서 복수의 스폰서로부터 자금을 모아 방송권을 산 후 막대한 제작비를 들여 작품을 만들고, 그것을 CM으로 홍보해서 DVD와 관련 상품으로 수익을 올리는 것이었습니다. 실패했을 때의 위험이 매우 크죠.

"2006년은 유튜브가 등장한 시기입니다. 다른 애니메이션 회사들은 유튜브에 멋대로 영상이 올라오는 것을 싫어했지만, 스폰서에 구애받지 않는 저희들은 솔선해서 우리 작품을 올렸습니다. 당시 〈비밀결사 매의 발톱〉은 간토와 간사이 지방에서만 방송되고 있었는데 전국에서 DVD를 팔고 있었기에 유튜브에 작품 자체를 올려서 홍보한 거죠. 이런 일을 가볍게 할 수 있다는 점이 스폰서로부터 한 푼도 출자 받지 않고 작품을 만드는 것의 이점입니다. 작품의 기획에서부터 제작까지, 작가 개인의 생각을 관철시킬 수 있었죠."

FROGMAN 씨가 만드는 애니메이션은 일반적인 애니메이션 팬이 지지하는 '모에 애니메이션'과는 다릅니다. 모에와는 다른 그림으로 만담처럼 속사포 같은 템포의 개그가 펼쳐집니다. FROGMAN 씨 자신은 자기 작품을 '애니메이션 만담', '애니메이션 재담'이라고 부릅니다. 그의 애니메이션은 그림을 보여준다기보다 대화의 템포와 여백, 아둔함과 날카로움을 즐기는 연예와도 같은 애니메이션입니다.

실사 시대를 포함하면 FROGMAN 씨의 영상 경력은 25년이 됩니다. 애니메이션을 만들 때 실사에서의 경험이 도움이 되었을까요?

"도움이 됐죠. 제 애니메이션은 거의 안 움직이지 않습니까? 움직이지 않는 그림이란, 실사로 말하자면 연기가 서툰 배우입니다. 무대를 보면 알 수 있는데 좋은 연기자는 전신으로 연기할 줄 압니다. 서툰 연기자는 별로 움직이지 않죠. 서툰 연기자를 촬영할 때에는 멀리서 찍어서는 안 됩니다. 움직이지 않는다는 사실을 알지 못하도록 클로즈업 화면으로 이어나가야 해요. 그렇기 때문에 제 애니메이션도 클로즈업뿐입니다."(웃음) ★

스스로 일의 '법칙'을 만들 수 있다는 강점

▷

　　　　　　　FROGMAN 씨의 성공 이유는 누구
도 하지 않았던 종류의 작품을 만들고, 그것을 성공시켜서 '장
르 자체'를 만들었다는 데 있습니다. 법칙이 없는 분야를 창조
해서 비즈니스 법칙을 처음부터 새로 만들어낸 겁니다.

"지금 생각해보면 제 일이 순조로웠던 것은, 실사 영역에서
일하던 때는 누군가의 법칙 아래에서 일하는 프리랜서였지만,
플래시 애니메이션 이후부터는 제 스스로 비즈니스모델을 만
드는 프리랜서가 되었기 때문일 겁니다. 저처럼 만드는 사람은
아무도 없었기에 이 방법을 취하는 한, 스스로 법칙을 만들 수
있다는 것이 제일 컸다고 생각해요. 가장 염두에 두는 것은 비
용입니다. 자칫 돈이 드는 연출을 해야겠다고 생각하기 쉽지
만, 조금만 방법을 강구하면 돈을 들이지 않고도 재미있는 작
품을 만들 수 있습니다. 예전에 선배로부터 이런 말을 들은 적
이 있어요. '실사로 찍지 못하는 영상은 있을지 모르겠지만, 실

사로 표현 못할 감정은 없다.' 따라서 플래시 애니메이션으로 표현 못할 것은 없다고 저는 믿고 있습니다. 소설은 문자만으로 표현하는 장르지만, 그렇다고 해서 무라카미 하루키가 삼류 크리에이터일까요? 절대 그렇지 않잖아요."

FROGMAN 씨는 극장판 애니메이션에도 손을 대고 있습니다. 여기서도 고집스럽게 플래시를 기본 도구로 삼고 있죠. TV 판 〈비밀결사 매의 발톱〉은 1회분을 정말 일주일 만에 제작하고 있었는데 극장 작품에는 어느 정도의 시간을 들일까요?

"〈천재 바카본〉의 경우 시나리오를 쓰는 데 3개월이 걸렸습니다. 동시 진행으로 중요한 신의 그림이나 캐릭터의 표정을 그립니다. 작화는 한 달이면 끝납니다. 나머지 한 달은 음악이나 편집작업으로 바쁘죠. 저는 목소리를 먼저 녹음하는, 프레스코라는 방법을 쓰기 때문에 목소리를 수록한 단계에서 길이도 결정됩니다. 따라서 만들면서 편집하는 이미지죠. 목소리를 녹음한 후에 커다란 편집상의 수정은 발생하지 않습니다. 그림을 그리는 사람은 저를 포함해서 여섯 명뿐이고요."

제가 FROGMAN 씨를 처음 만난 것은 그가 아직 무명이었을 때였지만 작품을 보고 이 사람은 반드시 성공할 거라고 생각했습니다. 너무 재미있었거든요. 하지만 이렇게까지 성공하리라고는 예상치 못했습니다.

그가 소속되어 있는 DLE는 2014년에 마더스°에 상장됐고, 또 2016년에는 도쿄 증권거래소 1부로 승격되었습니다. 2005년에 FROGMAN 씨가 DLE와 관계를 맺은 이후 상장까지 10년도 걸리지 않았습니다.

애니메이션을 시작한 이후, 그만큼 짧은 시간에 성공한 사람을 저는 본 적이 없습니다. 성공한 이유로는 인터넷의 발달 등 시기가 좋았다는 점도 들 수 있겠지만, 누가 뭐래도 '작품이 재미있었다는 점', '최저 비용으로 애니메이션 제작에 성공했다는 점, 그래서 작품의 권리를 작가가 독점할 수 있었다는 점'이 컸다고 생각합니다.

그렇게 생각한다면 FROGMAN 씨가 가장 벽을 느꼈던 시기는 실사업계에 있을 무렵이었을지도 모릅니다.

"그렇습니다. 서른 즈음, 이 업계(영화)에 있으면 닳아 없어질 것이라고 고민했을 때였죠. 애니메이션도 그렇지만, 실사도 스

°Mothers. Market of the high-growth and emerging stocks의 약자. 도쿄 증권거래소 1부 상장을 시야에 둔 성장기업을 위한 시장.

태프는 기본적으로 일회용입니다. 그리고 크리에이터에게 돈이 떨어지지 않습니다. 이마무라 쇼헤이° 씨 같은 거장도 셋집에서 살고 있잖아요. 크리에이터는 돈 때문에 고민해서는 안 된다고 생각합니다. 이번 달 집세는 어떻게 하지? 이렇게 생각하고 있는 사람이 재미있는 작품을 쓸 수 있을 리가 없죠. 따라서 저는 좋은 작품을 만들기 위해서 돈 문제에 철저하게 신경 쓰기로 결심했습니다. 우리들이 (작품 제작에서부터 발표까지의) 법칙을 만들겠다는 거였죠.

제가 좋아하는 에피소드가 하나 있습니다. 아카쓰카 후지오°° 씨가 당시 살고 있던 메지로의 고급 아파트를 다모리 씨에게 양도한 이야기가 있는데, 그때 '이렇게 도회적인 센스를 가진 사람에게 구차한 경험을 하게 하면 재능까지 하찮아진다'고 말했다고 합니다. 저도 완전히 같은 생각으로 크리에이터는 좋은 것만 보고 돈 때문에 어려움을 겪지 않는 편이 좋습니다. 히비노 가쓰히코°°° 씨도 '촌스러운 것이나 쩨쩨한 것을 멀리하라'고 말했죠."

° 1926~2006. 〈복수는 나의 것〉, 〈나라야마 부시코〉, 〈우나기〉 등의 작품을 연출한 일본의 영화감독이자 세계적인 거장.

°° 일본의 만화가.

°°° 일본의 삽화가이자 영화배우.

연수입 60만 엔이었을 때는 괴로웠습니까?

"그게, 그렇지도 않았습니다. 그 무렵에는 하루하루 제 자신이 진화하고 있다, 성장하고 있다는 자부심이 있었거든요. 그래서 즐거웠고 아내가 격려해주었기에 비참하다는 생각이 들지도 않았습니다. 제게는 라이벌이 없었다는 점도 컸죠. 그렇지 않겠습니까. 리쿠르트가 시마네의 무명이었던 제게 CM을 의뢰했을 정도였으니."

플래시 애니메이션의 좋은 점은 완성되면 바로 인터넷에 발표해서 관객의 반응을 실시간으로 알 수 있다는 거라고 그는 말했습니다. '싸게 빨리 만들어서 반응을 보고 관객(인터넷)의 평판에 따라서 작품을 개선한다.' 어떤 의미에서는 고전 만담이 시대를 거치며 잘 다듬어져가는 것과 비슷한 부분이 있죠.

"실사업계에서도 예외 없이 스태프가 마흔 살이 넘어 감독보다 나이가 많아지면, 그 사람을 쓰기 거북해집니다. 게다가 필름에서 디지털로 가는 기술적 변화의 물결도 있어서 다른 업종 사람들도 활발하게 유입되죠. 따라서 실사업계에 옛날부터 있었던 사람은 지금 정말 힘들 겁니다. 저는 플래시 애니메이션으로 옮겨와서 스스로 제작의 법칙, 발표의 법칙을 만들 수 있었고, 거의 라이벌이 없는 상태에서 시작할 수 있었으니 정말 행운아였습니다." ▶

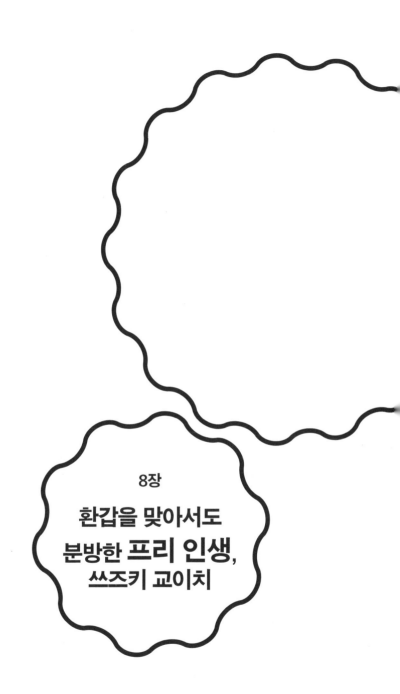

8장

**환갑을 맞아서도
분방한 프리 인생,
쓰즈키 교이치**

쓰즈키 교이치(都築響一)

1956년 도쿄 출생. 잡지 《뽀빠이(ポパイ)》,《브루투스(ブルータス)》의 편집을 거쳐 전 102권
짜리 현대미술전집 《아트 랜덤》을 간행했다. 이후 현대미술, 건축, 사진, 디자인 등의 분야
에서의 집필, 편집 활동을 계속하고 있다. 1996년 간행한 《ROADSIDE JAPAN 진일본
기행(珍日本紀行)》으로 제23회 기무라 이헤이 상을 수상. 그 외에도 《진세계기행 유럽편》,
《요로시쿠 현대시(夜露死苦現代詩)》,《진일본 초로전(珍日本超老伝)》 등 저서 다수. 최신
간은 《권외편집자(圈外編集者)》(2015). 현재 개인이 유료 메일 매거진 〈ROADSIDERS'
weekly〉를 매주 수요일에 발신 중이다. (http://www.roadsiders.com)

독자 엽서에서 프리랜서로

◯

　　　　　　도쿄 고지마치의 도심 한가운데 있
는 쓰즈키 씨의 사무실에서 그를 만났습니다.

"출판업계와의 관계는 헤이본출판(현 매거진하우스)에서부터
입니다. 제가 조치대학에 들어간 이듬해(1976)에 《POPEYE》가
창간되었습니다. 그 무렵 저는 스케이트보드를 타며 노는 날이
많았기에 미국발 컬처 정보가 실려 있는 《POPEYE》를 전부 읽
고 있었죠."

1970년대의 서브컬처를 만들었다고도 할 수 있는 《POPEYE》
는 매호마다 미국 서해안의 영컬처 기사로 가득 차 있었습니다.
이 잡지의 특이한 점은 '활자'도 비주얼로 보고 활자로 가득 찬
새로운 스타일을 만들어냈다는 것입니다.
　쓰즈키 씨가 대학에 입학한 1975년은 일본의 서브컬처사에
있어서 중요한 의미를 가진 해입니다. 학생운동이 완전히 동력

을 잃었으며 그 대신 아라이 유미와 같은 도시형 팝송 가수들이 대두했습니다. 파르코출판에서 《빅쿠리 하우스》가 창간되어 젊은이의 거리가 신주쿠에서 시부야와 하라주쿠로 옮겨갔고, 젊은이의 커뮤니케이션 방법으로 '패러디'가 유행했던 해이기도 합니다. 1980년 이후 발생한 청년문화의 기반이 만들어진 해라고 할 수 있죠.

"어느 날 《POPEYE》 편집부에 엽서를 보냈더니 답장이 왔어요. 편집부에서도 지금의 대학에서 무엇이 유행하고 있는지 알고 싶었던 모양입니다. 그래서 몇 번 놀러갔는데, 그러다 아르바이트로 잡지 편집을 돕게 되었습니다. 당시는 팩스도 없었던 시대라, 작가의 집으로 원고를 받으러 갔었어요. 그 외에는 차를 내오는 등의 잡무를 하는 아르바이트였죠. 저는 영문과에 다니고 있었기에 서양 잡지의 번역도 도왔습니다. 그러다 번역을 하니 내가 직접 쓰는 게 빠르겠다 싶어서 라이터가 되었습니다. 시급 몇 엔에서 원고료 한 장당 몇 엔을 받는 세계로 옮겨간 겁니다. 편집부에 책상을 얻어서 편집을 도우며 라이터 작업을 했습니다."

저는 참된 1970년대는 1974년에서 1976년까지, 단 3년밖에 없었다는 설을 주장하고 있습니다. 무슨 말인가 하면, 1973년까지는 1960년대의 정치적인 열기를 고스란히 간직하고 있었는데 1974년부터 급격하게 식기 시작해서 비정치적인, 이전까지의 젊은이가 보기에는 '시답지 않은' 분위기가 시대를 뒤덮게 되었던 거죠.

물론 내실은 시답지 않은 것이 아니라, 열의의 대상이 정치나 혁명 같은 사회적 관심사에서 음악, 패션, 연애, 만화나 영화, 애니메이션 등의 '개인적인 흥미'로 이동한 것일 뿐입니다. 정치적으로는 열기가 식었을지 모르겠으나 개인의 내면적으로는 오히려 '뜨거운' 시대였던 겁니다. 1977년 이후부터는 테크노 팝, 특수촬영 영화, 애니메이션 붐이 이는 등 1980년대의 서브컬처가 진용을 갖추면서 감각적으로는 벌써 1980년대가 시작되었다고 봅니다. ●

대학 교육에 한계를 느끼다

"대학생으로 5년 동안 있었습니다. 《POPEYE》의 취재로 미국에 가게 되었고 그랬기에 당시 미국에서 읽히던 소설에 대한 지식을 얻게 되었죠. 그런데 일본으로 돌아와 대학에서 현재의 해외문학에 대한 레포트를 써도, 교수에게는 전혀 통하지 않더군요.(웃음) 대학에서 가르치는 '해외 현대문학'은 헤밍웨이에서 멈춰 있었습니다. 죽은 세계만 가르치고 있는 거죠. 덕분에 대학에서 배우는 것의 한계를 깨닫게 되었습니다. 대학에 있으면 제가 썩어버릴 것 같았습니다. 현실을 따라가는 것이 훨씬 더 재미있었어요. 학점은 거의 충분했고 일단 졸업논문도 냈습니다만, 오랜 세월 제가 졸업을 한 건지 만 건지 몰랐습니다. 취재로 계속 미국에 가 있었으니까요. 정말 최근까지 제가 졸업을 한 건지 만 건지 몰랐다니까요. 하지만 그것 때문에 어려움을 겪었던 적은 한 번도 없었습니다. 잡지 편집자에게 학력은 상관없습니다. 당시의 《POPEYE》 편집부에는 중졸로 대활약하는 사람도 있었고, 도쿄대를 졸업한 사람도 있었습니다. 어느 학교 출신인지는 전혀 관계없었죠."

이는 저도 절실하게 느끼고 있는 부분입니다. 프리랜서로 살아가는 한, 학력은 정말 상관없습니다. 재미있는 글을 쓸 줄 아는가, 팔리는 글을 쓸 줄 아는가, 그것만 가지고 승부하는 세계니까요. 물론 취직을 생각하고 있다면 학력에 영향을 받겠지만, 취직하지 않고 프리랜서로 살아가겠다고 결정했다면 더는 상관없습니다. 오히려 학생 시절에 업계와 어떻게 인연을 맺느냐가 중요하죠. 이건 구직활동이 아닙니다. 학생인 채로 프리랜서 업계의 사람이 되어버리는 겁니다. 상에 응모하는 것도 좋고, 업계 사람과 친분을 쌓거나 아르바이트로 업계에 들어가는 방법도 있습니다. 어쨌든 업계로 들어가 현장에서 자신의 실력을 인정받으면 되는 거죠. 그렇게 되면 일감은 알아서 찾아옵니다. ◆

정사원의 유혹을 뿌리치다

"지금까지 여러 출판사에서 일해왔습니다. 출판사가 망가지는 순간도 여러 가지가 있겠지만, 그 가운데 하나는 신사옥 빌딩을 지을 때입니다. 또 하나는 그 빌딩에 경비원이 배치될 때. 세 번째는 목에 사원증이나 출입증을 매달게 될 때죠. 그때 출판사는 죽습니다."

저의 경우는 쇼가쿠칸에서 일을 하는 경우가 많았는데 1990년대에 들어서면서부터 사내에 들어갈 때 출입증을 쓰기 시작했습니다. 1980년대까지는 일이 있든 없든 프리랜서도 자유롭게 사내를 드나들었고 저녁에 방문하면 그대로 사원 편집자들과 술을 마시러 가는 것이 일반적이었죠.

쓰즈키 씨가 말한 '출판사가 죽는 이유'에 대해서는 저도 뼈저리게 잘 알고 있습니다. 업무에 있어서의 공사 혼동을 피하고 보안의 향상을 꾀한다는 의미에서는 사내에 들어갈 때 출입 허가를 받는 것이 틀림없이 합리적입니다. 그러나 잡지나 서적과 관련된 일은 반드시 '합리'로만 움직이는 것은 아닙니다.

군이 말하자면 출판사의 사원이나 작가·라이터에게는 '노는 것도 일 가운데 하나'입니다. 비즈니스 목적이 아닌 인간관계 속에서 중대한 비즈니스로 이어지는 아이디어가 태어나는 경우가 얼마든지 있거든요.

"출판사는 그래서는 안 됩니다. 보안이 엄격해지면 평범한 기업이 될 뿐입니다. 보안이 필요하다는 건 그만큼 돈을 벌어들이고 있다는 말이겠죠. 돈을 벌어들인다는 건 이미 잡지가 틀려먹었다는 말이고요. 즉 모험적인 기획을 하지 못하게 되는 거죠.

또 돈이 생기면 사원의 급료가 올라가게 됩니다. 그러면 인간은 보수적으로 되어버리게 마련입니다. 급료를 믿고 주택 구입을 위해 35년 장기대출을 받아버리면 그걸로 끝이죠. 막상 필요할 때 자기주장을 하지 못하게 되는 겁니다. 술집에서 '기획이 통과되지 않는다'며 불평을 해대는 것은 대부분 일류 출판사 사원들입니다. 작은 출판사 사람들은 불평하지 않으니까요. 좋아서 하고 있는 일이라면서 말이죠.

1980년대 매거진하우스에는 보안이란 게 없었습니다. 식당도 무료였는데, 잘 모르는 사람이 늘 있었죠. 퇴사한 옛 직원이 근처에서 바를 운영하고 있었는데 거기에 가면 돈은 상사가 내주었습니다. '돈은 신경 쓰지 말고 좋아하는 사람들과 같이 오라고' 하는 말을 자주 들었습니다. 그 가게에는 저처럼 갓 스물이 넘은 사람부터 우치다 유야° 씨 같은 사람까지, 연령도 직업도 다양한 사람들이 모여들었죠. 그런 자유로운 교류의 장을 가진다는 것은, 창의적인 일을 하는 데 있어서 매우 중요한 것입니다."

1970~1980년대의 헤이본출판(매거진하우스)의 사풍은 출판업계의 전설이 되었습니다. 《BRUTUS》의 전 편집자로 회사에 '아프리카코끼리 한 마리, 구입비 1,000만 엔' 영수증을 제출한 O씨의 이야기도 있죠(실제로는 250만 엔이었다고 하는데, 소문이 업계를 돌아다니는 동안 금액이 점점 불어나서 제가 들었을 때에는 1,000만 엔이 되어 있었습니다). 이 이야기의 포인트는 그 터무니없는 영수증이 회사의 경리를 통과했다(해버린 듯하다)는 데 있습니다. '좋은 의미'에서 일과 놀이의 구별이 없었죠. 그리고 사원의 '놀이'를 회사가 허용했습니다. 바로 그렇기 때문에 매거진하우스는 패전 후의 청년문화를 견인하는 출판사가 될 수 있었던 겁니다.

° 1939~2019. 일본의 남성 성우 겸 배우.

"저는 《POPEYE》와 《BRUTUS》에 각각 5년 동안 있었습니다. 계약사원도 아니었고, 단지 사내에 책상만 놓고 원고를 쓴 만큼만 보수를 받는 프리랜서였죠. 10년이나 있었기에 회사로부터 사원이 되지 않겠느냐며 경력사원으로 채용하겠다는 제의도 있었습니다. 하지만 거절했습니다. 급료는 아주 좋았지만 이동이 있다는 사실이 싫었기 때문이었습니다. 사원은 일을 하든지 말든지 같은 급료를 받지 않습니까? 그렇기 때문에 일은 프리랜서에게 전부 맡기고 조합활동만 열심히 하는, 일하지 않는 사원들도 여럿 있었습니다. 그런 모습이 너무 싫었습니다. 그래서 정사원은 되지 않았죠."

저와 쓰즈키 씨의 공통점은 처음부터 일관된 프리랜서로, 회사원이 되기를 거부했다는 점일 겁니다. 출발점이 편집자였다는 사실도 같고요. 단, 프리랜서 편집자의 경우는 버블경제기에도 그 하나만으로는 생활을 유지하기가 어려웠습니다. 그러니 자연스럽게 최종 작업자인 라이터 쪽으로 일의 비중이 기울게 마련이죠. ★

매거진하우스를 떠나 교토로

　　　　　"그 후 매거진하우스를 떠나서 혼자 단발적인 일을 하게 되었습니다. 고도성장기로 경기가 좋았던 때라 아무 문제도 없었습니다. 매거진하우스를 떠난 뒤, 교토에 자리를 잡았습니다. 도시샤대학 근처였죠. 일은 팩스만 있으면 할 수 있었고요. 거기서 교토대학의 청강생이 되어 수업을 듣고 난 후에는 그 걸음에 실제 건축을 보러 가곤 했습니다. 그때 지역의 교토서원이라는 출판사를 알게 되어《Art Random》이라는 현대미술 전집을 만들었습니다. 1989년 무렵으로 전 102권, 권당 48쪽 정도였습니다. 현대아트 이외에도 건축, 디자인, 음악, 문학 등 무엇이든 해왔습니다. 편집자로서의 주문도 당연히 들어왔었습니다. 하지만 제 활동영역과 거리가 너무 먼 기획은 주문 자체를 받지 않았죠.

　　교토에서 도쿄로 돌아와서는 주로 젊은이들과 놀았습니다. 그렇게 어울려 놀다가 그들이 살고 있는 방을 보게 되었는데 너무 재미있어서 사진을 찍게 되었죠. 이 사진으로 만든 책이

《TOKYO STYLE》(1997)입니다.《SPA!》에 연재했던〈진일본기행〉은 그 이후고요. 30대 때에는 20대 때와는 달리 늘 일본 국내를 돌아다녔습니다."

쓰즈키 씨는 '여행하는 작가'라는 이미지가 강합니다. 현장주의라고 해야 할까요? 그리고 편집자로서 기획을 할 뿐만 아니라 스스로 사진을 찍고 자신이 글을 쓰고 페이지 구성까지 결정해버립니다. 기획과 최종 작업 모두 혼자 할 수 있다는 것이 쓰즈키 씨의 가장 커다란 장점이죠.

편집자와 작가를 겸하는 사람을 저는 '편집가(編集家)'라고 부릅니다. 제 명함에도 그렇게 쓰여 있죠. 쓰즈키 교이치 씨는 제 정의를 완벽하게 충족시킨 '편집가'입니다.

"저는 평론가도 에세이스트도 아닙니다. 사진을 시작한 것은 《TOKYO STYLE》부터예요. 4×5인치 카메라로 촬영했습니다. 그때까지는 편집자로서 사진작가와 함께 작업을 했는데, 건축 사진을 아마추어가 찍기는 어려울 것 같았거든요. 그런데 기획을 여러 출판사에서 거절당한 시점에서는 제가 직접 찍는 것 외에 선택지가 없었습니다. 그래서 사진작가인 친구에게 필름을 사서 끼우는 법부터 배워서 스쿠터에 싣고 현장으로 나가

꾸준히 촬영해나갔습니다."

《TOKYO STYLE》은 도쿄에 살고 있는 평범한 일본인의 개인적인 방을 촬영한 사진집으로, 발표되자마자 센세이션을 불러일으켰습니다. 인테리어 코디네이터가 만든 아주 세련되지만 생활감은 없는 실내 사진과는 전혀 다른, '리얼'이 모든 사진에서 넘쳐흘렀기 때문입니다.

이때까지 쓰즈키 씨는 사진가로서는 아마추어였습니다. 그러나 머릿속에 명확한 비전이 있었죠. 그 비전에 맞춰 현장에서 카메라를 조작하기만 하면 됐던 것입니다. 비전은 기술을 능가합니다. 이른바 '셔터찬스'라는 것과도 관계가 없는 기획이었기에 카메라와 라이팅의 기본만 알고 있으면 다른 기술은 필요하지 않았습니다. 그야말로 편집자이기에 찍을 수 있었던 사진이고, 만들 수 있었던 사진집입니다. 기획의 승리라고 해야겠죠.《TOKYO STYLE》은 쓰즈키 씨의 대표작이 되었습니다. ▶

나는 '벽'에 부딪힌 적이 없다

◯

　　　　　이야기를 듣고 있자니 쓰즈키 씨는 순조롭게 '자신이 하고 싶은 일'을 계속해서 해온 것 같다는 느낌이 들었습니다. 처음부터 프리랜서였으므로 조직에 얽매이지도 않았고, 결혼도 하지 않았기 때문에 처자를 부양하기 위해 억지로 일할 필요도 없었습니다.

저도 바로 그런 인생을 걸어왔기에 친구로부터 '너는 좋아하는 일을 하며 살아왔으니, 정말 부럽다' 같은 말을 종종 듣습니다만, 현실 속 인생에서는 '벽'에 부딪히는 일의 연속이었죠. 당연히 쓰즈키 씨도 '벽'에 부딪힌 경험이 있을 거라 생각했는데, 놀랍게도 몇 번이나 물어보아도 쓰즈키 씨는 고개만 갸웃거릴 뿐이었습니다.

"저는 벽에 부딪힌 경험은 없었을지도 모르겠습니다. 물론 힘든 시기는 있었습니다. 기획이 통과되지 않아서 어떻게 할까, 취재가 뜻대로 되지 않아서 어떻게 할까, 하고 말입니다. 하지만 최종적으로는 어떻게든 일이 풀렸습니다. 지금 하고 있는 메일 매거진 〈ROADSIDERS' weekly〉도 출판 불황으로 잡지가 줄어들고 있는 상황에서 어떻게 할까 생각하다 시작한 것인데, 해보니 그럭저럭 꾸려나가지더군요.

다케쿠마 씨가 말하는 '마흔의 벽' 말입니까? 40세 무렵에 내가 뭘 하고 있었더라….《TOKYO STYLE》로 이름이 알려졌고,《진일본기행》으로 기무라 이헤이 상을 받았지만, 사진과 관계된 일은 거의 들어오지 않았어요.(웃음) 이상한 사진작가로 여겨진 모양입니다. 하지만 프리랜서가 일정 나이를 경계로 일이 줄어든다는 사실은 알고 있습니다. 역시 '부리기 어려울' 테니까요."

그렇습니다. 중년 프리랜서의 일이 줄어드는 가장 커다란 원인은 거래처의 담당 사원이 나이 어린 사람이 되어버리기 때문입니다. 젊은 편집자 입장에서 보기에 함께 일하기 거북한 존재입니다. 자신이 상대방의 입장이 돼서 생각해보면 쉽게 알 수 있는 일이죠. 자기 아버지뻘 되는 사람과 일하고 싶어하는 사람은 아무도 없을 테니까요.

"예전에는 잡지밖에 일할 수 있는 공간이 없었기에 프리랜서와 사원 편집자와의 관계가 문제가 되곤 했습니다. 그러나 지금은 인터넷을 사용하면 나이 차에서 오는 문제는 해결할 수 있다고 생각해요. 인터넷의 세계에서는 서로 얼굴을 마주하지 않아도 일할 수 있잖아요. 상대방이 노인이든 젊은이든 능력 있는 사람이라면 함께 일할 수 있습니다. 언제까지고 같은 조직, 같은 매체, 같은 일에 매달려 있기 때문에 하찮은 인간관계에 얽매이는 것 아닐까요?"

잡지 시대가 저물어가고 있다는 사실을 저는 몸소 체험하고 있습니다. 예전의 저는 매일 대량의 잡지를 샀습니다만, 2000년대에 접어들면서부터 격감했고 현재는 잡지를 거의 읽지 않고 대부분의 시간을 인터넷 보는 걸로 지냅니다.

"잡지가 재미없어졌으니 자업자득이겠지요. 이제는 발매일을 기억하고 있는 잡지가 없습니다. 하지만 그건 젊은이들이 활자와 멀어진 것이 원인은 아니라고 생각합니다. 스마트폰을 통해서든 아니든 젊은이들이 지금처럼 활자를 많이 읽고 쓰던 시대가 있었습니까? 그러니 독자의 잘못이 아니라, 미디어를 만드는 사람의 잘못입니다. 어쨌든 죄송한 말입니다만, 저는 부딪혀 좌절할 정도의 '벽'에는 직면한 적이 없었습니다. 수입이 끊겨서 어려움을 겪은 적은 있었지만, 곧 어떻게든 될 거라고 생각했거든요. 혼자이기에 마음 편한 부분도 컸다고 생각합니다."

대체로 처자를 끌어안고 있으면 모두 자신의 뜻과는 다른 방향으로 흘러가버리게 마련입니다. '처자를 부양한다'는 숭고한 사명은, '좋아하는 일을 하며 산다'는 말의 거의 반대편에 있습니다. 프리랜서로 처자를 부양하는 일이 가능한 사람은 재능이 매우 뛰어나거나, 운이 좋거나, 경영 능력을 가지고 있는 사람이니, 일반적으로는 프리랜서를 그만두고 안정된 기업의 피고용자가 되는 편이 옳을 것입니다. 프리랜서를 오래 계속할 수 있는 요령은 처자식을 갖지 않는 것일지도 모릅니다.

"아내나 아이가 있으면 하고 싶은 일만 하겠다고 말하지 못할 경우도 있을 겁니다. 하지만 가장 중요한 것은 흔들리지 말 것, 좋아하는 일만 계속해서 할 것, 이라고 생각합니다. 흔들려서 '무슨 일이든 하겠습니다'라고 말하기 때문에 장기적으로는 일이 들어오지 않게 되는 겁니다. 남들과 똑같은 일을 하면 젊은 라이터 쪽이 더 싸니 그쪽이 이길 수밖에요. 그게 아니라 '이 영역에서는 이 사람에게 절대로 이길 수 없다'는 강점을 갖는 것이 중요합니다. 그렇게 되면 나이와 상관없이 일이 들어올 거예요. 자신이 좋아하는 일, 잘하는 분야를 철저하게 추구해나가는 거죠. 저는 예전에 일이 끊긴 적도 있었습니다만, 벽이라고는 생각지 않았습니다. 일이 없을 때가 되어야 비로소 자신에게 중요한 것, 필요한 것을 판별할 수 있게 되거든요. 당시는 힘들지 모르겠지만 나중에 뒤돌아보면 멈춰 서서 생각할 시기를 갖는 것은 중요합니다."

'좋아하는 일을 끝까지 한다'는 건 누구에게나 이상적인 삶이죠. 그러나 좋아하는 일을 끝까지 하는 것도 재능 아닐까요? 저는 프리랜서 생활 중에 생계를 위해서, 혹은 장래의 일감으로 이어질지도 모른다고 생각해서 뜻에 맞지 않는 일을 한 적이 몇 번 있습니다. 나중에 생각해보니 그런 일들은 흥도 나지 않고 그 결과 완성도도 떨어져서, 돈이 된 적도 좋은 일로 연결된 적도 없는, 의미 없는 작업이 되고 만 경우가 많았죠.

"저는 마음에 맞지 않는 일을 해서 후회한 적은 없습니다. 그런 일은 처음부터 거절하니까요. 따라서 제게 흥미 없는 일은 들어오지 않습니다. 하고 싶지 않은 일을 계속해서 거절하면 다행스럽게도 그런 일은 들어오지 않게 되거든요. 그렇게 되면 더는 거절하지 않아도 되니 다행이죠." ●

자신만의 미디어를 갖자

인터뷰를 앞두고 쓰즈키 씨의 자서전인 《권외편집자》(2015)를 읽었는데, 그는 사원 편집자와의 만남에 있어 운이 매우 좋았다는 느낌을 받았습니다. 쓰즈키 씨의 주요 무대였던 1970~1980년대의 헤이본출판(매거진하우스)의 환경이 사원들로 하여금 창조성을 발휘할 수 있게 최대한 자유로운 분위기 속에 있었다는 점도 큰 도움이 되었을 테고요.

출판업계 자체가 특수한 것일지도 모르겠는데, 현장의 일이 프리랜서를 중심으로 돌아가고 있기 때문에 필연적으로 사원 편집자도 프리에 가까운 감각을 가진 경우가 많습니다. 조직이 싫어서 프리랜서가 되는 것이기에 그런 사람과 좋은 관계를 유지할 수 있는 사원이란, 그 시점에서 회사원의 틀에서 어딘가 벗어나 있지 않으면 안 됩니다. 그런 사원 편집자라면 아마도 저나 쓰즈키 씨와 같은 타입의 프리랜서와는 궁합이 잘 맞을 겁니다. 사내에 자유로운 분위기가 없고 편집장이 한없이 관리

적이기만 해서 걸핏하면 편집회의만 하는 잡지는 망할 가능성이 높습니다.

"편집회의 같은 건 필요없습니다. 저도 다케쿠마 씨와 마찬가지여서 기획을 통과시키기 위해 젊은 편집자를 붙들어다 술을 마시며 이야기하는 무익한 설득 공작에는 지친 부분이 있습니다. 그래서 자신만의 미디어를 가져야겠다고 생각했죠. 기획을 제출한 뒤 사원 편집자에게 '상사가 거절했습니다', '예산 때문에 어렵습니다'라는 말을 듣기 싫어진 거죠. 그렇다면 스스로 편집해서 처음부터 움직이는 편이 훨씬 더 낫습니다. 조직에 의지하지 않아도 자신만의 미디어를 가질 수 있는 시대가 되었으니까요."

저는 젊은 편집자에게서 윗세대 편집자에 대한 불평을 듣는 경우가 있습니다. 그들이 말하는 윗세대 편집자, 즉 그의 상사는 사실 제가 젊었을 때 현장에서 같이 일하던 사람인 경우가 많은데 말이죠. 무엇이 그렇게 불만인가 가만히 들어보면 '그들은 버블경제기에 일을 했기 때문에 성공 체험밖에 없다'는 겁니다. 다시 말해 '예전에 무엇을 해도 잡지가 팔리던 시대가 있었는데 그때의 감각만 간직한 채 회사에 남아 있다. 이제는 시대가 변했다. 팔기 위한 노력을 하지 않으면 책은 팔리지 않는다. 젊은 세대는 열심히 노력하고 있는데 쉽게 출세만 한 사람이 현장에 있는 우리의 고충을 알 리 없다'는 거였죠.

"그렇지 않습니다. (대형 출판사는) 급료가 너무 좋다, 오직 그것만이 문제입니다. 그 젊은 사원 편집자도 회사에 불만이 있다면 그만두고 스스로 회사를 차리면 될 겁니다. 하지만 높은 급료를 포기하면서까지 자신의 뜻을 관철시키겠다는 기백이 없는 거죠. 저도 지금의 출판계에 불만이 있습니다. 바로 그렇기 때문에 저는 제가 직접 판매할 수 있는 길을 찾아서 미디어를 만들고 있는 거죠." ◆

프리랜서에게는 약속의 땅인 인터넷

저와 쓰즈키 교이치 씨의 공통점 가운데 또 하나는, 종이 출판 쪽에서 오랜 세월 프리랜서 생활을 하다가 결국은 인터넷에서 '자신의 일'을 시작했다는 점입니다. 제가 인터넷에 이르게 된 이유는 앞서 말씀드린 대로입니다만, 쓰즈키 씨의 경우는 어땠을까요?

"오래전부터 제 손으로 잡지를 만들고 싶었습니다. 하지만 자본이 몇 억 엔이나 드니 섣불리 덤빌 수 없었죠. 설령 스폰서가 생긴다 해도, 그래서는 출자자의 눈치를 보게 되어 기존 출판사의 전철을 밟게 될 거라고 생각했습니다. 그리고 속도의 문제도 있고요. 예전까지는 전람회 기사를 쓸 때, 전람회가 시작되기 전에 자료를 바탕으로 소개 기사를 쓰거나 전람회가 끝난 뒤에 기사를 쓰거나, 둘 중 하나밖에 없었죠. 저는 실시간으로 전하고 싶었습니다. 인터넷에서는 자본이 필요 없고 방송과도 같은 속도감으로 정보를 발신할 수 있다는 이점이 있잖아요.

나머지는 그것으로 어떻게 생활해나가느냐겠죠. 얼마 전까지 인터넷에는 개인으로부터 소액의 요금을 정기적으로 징수할 수 있는 환경이 없었습니다. 메일 매거진은 있었지만 저는 이미지를 많이 싣고 싶었기에 그것으로는 불충분했습니다. 그래서 블로그로 인터넷에서의 기사 발신을 공부하고 있었는데 페이팔 등 소액요금징수 시스템이 나와 환경이 정비되더군요. 그렇게 2012년 1월에 〈ROADSIDERS' weekly〉를 시작한 겁니다."

2012년 1월은 바로 제가 〈텐노마보〉를 시작한 시기입니다. 또 많은 출판사들이 본격적으로 인터넷에 작품을 게재하기 시작한 해이기도 합니다. 거의 동시에 모두가 같은 일을 생각한 거죠. 그러나 저희는 자본이 있는 대기업이 아니라 거의 개인을 베이스로 하는 인디 미디어입니다.

"지금 제 수입은 유료 메일 매거진의 요금과 단행본 인세입니다. 이런 시대가 되어준 것이 저는 매우 기쁩니다. 저희들 경력의 끝자락에 이르러서 아슬아슬하게 상황이 뒤를 따라와주었으니까요.(웃음) 킨들에서 일정액을 내면 무제한으로 읽을 수 있는 서비스를 시작하지 않았습니까? 출판은 몇 년 뒤떨어져서 음악 산업을 따라가는 형태가 될 겁니다. 하지만 저도 다케쿠마 씨도 전략적으로 그렇게 하고 있는 게 아니라 어쩔 수 없이 하고 있는 거예요. 전자 미디어는 저비용으로 자신의 작품을 출판하기에 가장 좋은 방법입니다.

한편 기업으로서의 출판사는 전자책 사업을 할 때도 어디까지나 종이 사업을 바탕으로 어떻게 그 위에 전자책의 이익을 더할 수 있을까 하는 발상을 하죠. 이런 시대에는 개인이 가볍게 움직일 수 있는 프리랜서가 압도적으로 유리합니다. 제가 발신하고 있는 전자 잡지의 당면 목표는 구독자 3천 명입니다. 그 정도가 되면 스태프를 고용할 수 있지만, 지금은 거기까지 가지 못했기에 편집 작업 전부를 혼자 하고 있어서 조금 힘들기는 합니다." ★

9장

프리랜서에서
창업 사장으로

첫 창업에서 맛본 커다란 실패

▷

　　　　　　　　2014년에 최초의 회사 '호프 로우'를 설립했습니다. 〈덴노마보〉에 연재했던 규테이 씨의 〈동인왕〉이 대단한 걸작이어서 오타출판으로부터 단행본에 대한 이야기가 나왔기 때문이었습니다. 그래서 앞으로도 기업에 대응해나가기 위해 창업한 것입니다. 작품이 인기를 끌면 작품 에이전트로서 수익창출의 가능성도 생길 거라는 계산이 섰죠.

　회사를 만들 때, 이전부터 알고 지내던 T라는 편집자에게 자금은 내가 댈 테니 대표이사가 되어줄 수 있겠느냐고 물었습니다. 당시 저는 대학교수였기 때문에 아마도 겸업은 안 될 거라고 생각했습니다. 그 시점에는 아직 정신과에 다니고 있지 않았고 발달장애 진단도 받지 않았습니다만, 과거의 경험을 통해 본능적으로 현장의 일에만 전념하고 경영은 다른 사람에게 맡기는 게 좋겠다고 생각하고 있었죠.

　T를 대표이사에 앉히고, 저는 편집장 겸 주주라는 형식으로 주식회사 호프 로우를 설립했습니다. 이제 와서 돌이켜보면 저

는 회사 경영을 너무 쉽게 생각하고 있었던 것 같습니다. 공동 경영자를 선정할 때도 좀 더 시간을 들여서 결정했어야 했죠. 얼마 지나지 않아 T와의 사이에서 인간관계상의 심각한 문제가 발생하고 말았습니다.

제가 세이카대학의 교수직을 그만두게 된 것은 발달장애와 적응장애가 동시에 발생해 일을 할 수 없게 되었기 때문인데, 적응장애가 일어난 원인의 상당 부분이 인간관계 때문이었다고 생각합니다.

그렇게 된 이상 전임교수를 그만두거나 〈덴노마보〉를 그만두거나, 둘 중 하나밖에 없었습니다. 저는 고민 끝에 〈덴노마보〉를 선택했죠. 양식 있는 사람의 판단이라고는 생각지 않습니다. 애초부터 〈덴노마보〉 스태프에게 지불하는 급여의 원천은 제가 대학에서 얻는 수입이었으니까요. 대학교수쯤 되면 보너스를 포함해서 중소기업 중역 수준의 급여가 지급됩니다. 그걸 전부 투자해왔던 겁니다. 처자가 없었기에 가능했던 일이겠죠.

〈덴노마보〉는 프리랜서로서 살아온 저의 필생의 작업입니다. 회사로서는 아마추어일지 모르겠으나 새로운 재능을 발굴해서 세상에 내보내겠다는, 일의 방향은 잘못되지 않았다고 확신합니다. ▶

투자의 대상이 되는 건
수백만 페이지뷰일 때부터

○

　　　　　　　　이 글을 쓰고 있는 현재, 〈덴노마보〉
는 한 달에 평균 30만 페이지뷰를 기록하고 있습니다. 처음 1년
동안은 많아야 10만이었는데, 3년째부터 월평균 30만이 되었
고 6년차인 지금도 기본적으로는 변화가 없습니다.

　현재 종이매체 가운데 30만 부 이상 찍는 신문이나 잡지는 대
형 신문이나 일부 만화 잡지를 제외하면 좀처럼 찾아보기 어렵
습니다. 유명한 잡지라도 10만 부를 찍으면 좋은 편일 겁니다.
그런 점을 감안하면 월 30만이라는 숫자는 꽤 괜찮은 것 아니
냐고 생각할지 모르겠지만, 무료 웹미디어가 30만 정도의 숫
자를 기록한다는 것은 자랑거리도 못 됩니다.

　덴노마보 합동회사에는 현재 저와 35년 지기인 오가타 가쓰
히로 두 사람이 사원으로 있습니다. 편집 스태프는 저와 오가타
를 포함해서 전부 세 명, 친구 할인가로 프로그램과 서버를 관
리해주고 있는 사람이 한 명, 등기부상의 사원은 두 명입니다.

전원 쥐꼬리만큼도 안 되는 급료를 받고 있고, 저는 매달 〈덴노마보〉에 돈을 집어넣고 있는 처지죠.

회사 설립 당시, 저와 오가타는 온갖 연줄을 동원해서 〈덴노마보〉에 출자해줄 사람이나 기업을 찾아다닌 적이 있었습니다. '1개월에 30만 페이지뷰'라는 숫자를 내민 순간, 비웃음만 돌아왔습니다. '내일모레 다시 와' 하는 느낌이었죠.

페이지뷰가 최소 월 100만, 가능하다면 1,000만이 되지 않으면 투자 대상으로 삼지 않는 것이 인터넷 세계입니다. 일반적으로 투자를 받으려면 어떤 '특징'이 필요합니다. 약소 미디어 혹은 에이전트 회사가 투자를 받는 가장 빠른 방법은 누구나 알고 있는 대가나 인기 작가의 이름을 계약 라인업에 끼워 넣는 것입니다.

그런데 〈덴노마보〉를 운영하면서 재미있는 현상을 발견했습니다. 3년차부터 뚜렷해진 경향인데 통상 월간 페이지뷰가 30만입니다만, 1년에 한두 번 정도는 100만 페이지뷰를 넘는 달이 있다는 거죠. 그런 달에는 광고수익도 많게는 열 배까지 늘어납니다.

액세스를 더듬어가보면, 아무래도 2채널에 작품에 대한 스레드가 생겨서 그것이 복수의 '마토메 사이트°'로 옮겨지고, 그렇게 해서 단번에 수십만 명이나 되는 열람자들이 사이트를 방문한 것 같았습니다. 작품은 대체로 미즈노 사야카 씨의 〈가족 싸움〉이나, 오다기리 게이스케 씨의 〈나, 시계〉 등 몇 개의 특정 작품에 집중되어 있습니다. 이 두 작품은 현재 인터넷에서 읽을 수 있는 가장 재미있는 작품이라고 단언할 수 있습니다.

완성도 높은 단편은 시대를 초월하죠. 그런 작품을 인터넷이라는 바닷속에서 '발견'하면, 발견한 사람은 자신도 모르게 주위 사람들에게 알리고 싶어지는 게 아닐까요? 그리고 그것이 어떤 한계를 넘어서면 '인기'를 얻는 현상으로 이어지는 게 아닐까 하고 가설을 세워보았습니다. 같은 작품이 몇 년에 걸쳐 주기적으로 액세스 집중을 되풀이하는 것은 웹미디어 특유의 현상이라고 생각합니다. 인터넷의 세계에는 아직 해명되지 않은 현상이 여럿 있다고 합니다. ●

° 스레드(Thread)는 전자게시판의 특정 주제에 대한 항목으로, 그 아래에 특정 주제에 관한 글들이 모인다. 마토메 사이트는 그러한 스레드를 모아두는 사이트를 말하는데, 2ch 등이 대표적이다.

출판업은 도박이다

　그렇다면 저는 〈덴노마보〉로 어떤 비즈니스모델을 생각하고 있었을까요? 어처구니없다고 생각할지도 모르지만, 솔직하게 말하겠습니다. 저는 '아마추어 작품을 무상으로 게재하는 일을 몇 년간 계속하면 언젠가는 히트작이 나올 것이다'라는 한탕주의자 같은 생각을 하고 있었습니다.

　제가 이렇게 생각한 데에도 일단 근거는 있습니다. 그도 그럴 것이 만화(출판)업계 전체에 '한탕주의'의 체질이 만연해 있기 때문입니다. 한 출판사 사장은 제게 '출판은 도박'이라고 말하기도 했죠.

　다른 업종 사람들은 믿기 어려울지 모르겠지만 실제로 출판은 도박입니다. 어떤 것이 성공하고 어떤 것이 실패할지는 이 길을 수십 년 걸어온 베테랑 편집자조차도 분명하게 말하지 못합니다.

　오랜 전통을 가진 만화출판사 후타바샤에서는 만화가 크게 인기를 얻는 것을 '신풍(神風)'이라고 부릅니다. '신풍'이 불어오기를 회사 전체가 학수고대하고 있죠. 후타바사에서는 실제로 1990년대까지는 《루팡 3세》,《분노의 늑대》,《말썽꾸러기 치에》,《짱구는 못 말려》 등 평균 10년에 한 번 신풍이 불었고 그때마다 경영을 회복하는 일이 반복되었습니다.

물론 신풍을 일으키기 위해서는 평소 '좋은 작품'을 내기 위한 끊임없는 노력이 전제되어야 한다는 건 말할 필요도 없습니다. 그러나 '좋은 작품'이 '성공'할지는 신만이 아는 영역이죠.

그리고 만화가 크게 히트하면 10년분의 부채를 갚을 수 있을 정도의 수익을 올리게 됩니다. 비즈니스로서의 법칙은 아무도 모르지만 실례는 얼마든지 있습니다. 굳이 말하자면 '꾸준히 쏘면 언젠가는 맞는다'고 할 수 있겠죠. 신풍이 불면 건물을 세울 수 있습니다. 출판에 있어서 만화는 그런 마약성이 있습니다.

그런데 2000년대에 들어선 무렵부터 서점의 POS시스템°이 업계에 보급되면서 출판회의 때 그 저자의 책을 출판할지 말지, 반드시 POS데이터를 바탕으로 검토하게 되어버렸죠.

POS데이터가 좋지 않은 저자의 책은 점점 출판하기 어려워지는데, 그렇다고 해서 데이터가 좋은 저자의 책이 계속해서

° 판매 시 서점원이 뒤표지에 있는 바코드에 리더를 대면 그 서점 체인에서의 판매량이 서버에 축적되어, 계약을 맺고 있는 출판사라면 그 저자의 과거 판매 데이터를 단말기에서 즉석으로 판명할 수 있는 시스템.

판매가 좋은가 하면, 그건 또 아무도 알 수 없는 일입니다. 전체적인 판매량은 지난 20년 동안 계속해서 떨어지고 있습니다. 데이터를 바탕으로 출판계획을 세우고 있기에 판매량의 낙하곡선은 조금 완만해졌을지도 모르지만, 떨어지고 있다는 사실에는 변함이 없습니다. 그래도 신풍이라고 할 수 있을 정도의 히트는 지금도 있습니다.

최근 만화계에서 유명한 신풍으로는 이사야마 하지메의 《진격의 거인》을 들 수 있습니다. 이 작가의 그림은 상당히 독특하고 특징이 강하며, 또 캐릭터보다 '설정'으로 독자를 잡아끄는 매력이 있습니다. 또한 지난 30년 정도의 히트 만화에 대한 상식을 깨트린 만화이기도 하죠. 특히 시작 부분의 그림은 특징이 매우 강해서, 설정과 스토리는 재미있지만 갑자기 편집부에 날아들면 이 작품이 히트 칠 것이라고 생각할 프로 편집자가 많지 않을 겁니다.

사실 작가인 이사야마 씨는 이 작품을 처음에 다른 대형 출판사로 가지고 갔는데 거기서는 '팔리지 않을 것'이라고 판단해 퇴짜를 놓았다고 합니다. 실망하지 않고 고단샤로 가지고 갔더니 담당 편집자가 작품의 아이디어에 매료되어, 《별책 소년매거진》에 데뷔 연재를 시작하게 되었고 뜻밖에도 크게 히트를 쳐서 지금은 고단샤를 지탱하고 있는 효자 작품이 되었습니다.

승리한 자가 강자라는 말이 있죠. 최근에는 보기 드물게 '설정과 스토리로 독자를 매료시키는 소년만화'가 성공을 거둔 사례로서 《진격의 거인》은 만화에서의 새로운 광맥을 캐낸 작품이라는 평가를 받고 있습니다. 저는 '참으로 고단샤다운 작품'이라고 생각합니다. 고단샤에는 원래부터 '테마주의·스토리주의의 전통'이 있기 때문입니다. 처음 원고를 가지고 갔던 출판사도 메이저지만 '캐릭터주의'가 강한 사풍의 출판사여서 《진격의 거인》과는 작풍이 맞지 않았을 겁니다.

이사야마 씨에게는 '독창성(오리지널리티)'이 있습니다. 이런 독창성은 전례주의(과거의 데이터, 마케팅)에서는 태어나지 않을 종류의 것입니다. 작가의 독창성을 꿰뚫어보고 작품을 재미있다고 느낀 편집자의 '감'이 승리를 거둔 거죠. 이런 면이 있기 때문에 출판이 재미있는 것입니다. ◆

재능이 재능을 부르는 법칙

출판사의 신인상 가운데 '대상 몇 백만 엔', '수상 즉시 데뷔', '연재 보장' 등의 슬로건을 내건 상이 어느 시기부터인가 급격하게 증가했습니다. 지난 10여 년간의 일입니다. 뭐라고 해야 할지, 작가를 모으는 방법이 핵심에서 벗어난 듯한 느낌입니다. 상금 자체는 옛날부터 있었지만 기껏해야 100만 엔이 상한선이었습니다. 그런데 지금은 대상이 500만 엔, 1,000만 엔인 고액의 상이 한둘이 아닙니다.

하지만 요즘 젊은이들 가운데는 만화가로 데뷔해서 일확천금을 노린다는 건 복권에 당첨되는 것이나 다를 바 없다고 생각하는 사람들이 많습니다. 업계의 상황이 고도성장기에 비해서 훨씬 안 좋아졌다는 사실은 인터넷을 통해 전부 드러났고, 출판사에는 착실하게 작가를 키워나갈 여유가 없습니다. 즉시 전력감을 구하고 있는 것인데, 어차피 일회용에 지나지 않습니다.

지금의 신인들은 그러한 사실을 냉정하게 보고 있습니다. 그래서 재능이 있는 사람일수록 출판사에서 데뷔를 시켜주겠다고 해도 신중을 기하죠. 즉 상금 따위 얼마가 됐든 어차피 일시적이고 단발적인 돈에 지나지 않으며, 데뷔를 해도 그 수입이 계속된다는 보장은 어디에도 없다는 사실을 잘 알고 있는 겁니다.

예전에는 서른 살을 넘으면 '데뷔 연령을 놓쳤다'고 평가받았지만, 앞으로는 30대, 40대가 되어 인생 경험을 쌓고 확고한 작가적 자신감을 갖춘 뒤에 프로로 데뷔하는 경우가 늘어날 겁니다. 지금까지는 만화가의 데뷔는 빠르면 빠를수록 젊은 독자들과 감각이 비슷해서 유리하다고들 했지만, 점점 소설의 세계처럼 '40대의 신진'이 늘어갈 것으로 예상합니다. 예전에는 마흔 살이 넘어서 싹이 튼 만화가는 《요괴인간 타요마》의 미즈키 시게루, 《호빵맨》의 야나세 다카시, 《나니와 금융도》의 아오키 유지, 이 세 사람 정도였는데 말이죠.

저는 앞서 자본도 없으면서 〈덴노마보〉를 6년 동안 유지한 비결로 최저 비용의 운영을 들었습니다. 그럼 여기서 최저 비용으로 작가를 획득하는 방법에 대해서 잠깐 이야기해보겠습니다.

〈덴노마보〉를 시작할 때 제가 확신하고 있었던 건 재능이 재능을 부른다는 사실이었습니다. 돈이 재능을 부르는 게 아닙니다. 재능이 있는 사람의 작품을 게재하고 있는 미디어는 그 재능 자체가 작가를 끌어들이는 법입니다. 특히 신인에 대해서는 더 그렇죠.

　패전 후 얼마 지나지 않아 고단샤에서 퇴사한 편집자 가토 겐이치가 《만화소년》이라는 잡지를 자비로 창간하고 투고란을 만들어 전국 각지로부터 신인 만화가의 작품을 모집한 적이 있었습니다. 지금은 신인상으로 형식을 바꿔 신인 투고란이 어느 잡지에나 있지만, 지면에서 신인의 작품 투고를 시작한 것은 《만화소년》이 처음이었죠.

　《만화소년》의 투고란인 '만화통신부'는 업계의 전설입니다. 투고자의 이름을 보면 이시모리 쇼타로, 후지코 후지오, 아카쓰카 후지오 등 후에 도키와소°의 스타가 되는 예비 만화가에 더해서 일러스트레이터가 된 구로다 세이타로, 화가가 된 요코오 다다노리, 소설가가 된 쓰쓰이 야스타카, 사진작가가 된 시노야마 기신 등 패전 후의 일본문화를 쌓아올린 '미래의 거장'이 다수 응모했습니다.

　어째서 《만화소년》과 같은 약소 잡지에 이렇게 쟁쟁한 재능이 모여들었는가 하면, 도쿄의 전국지 가운데서 어디보다도 빨

° 시이나마치(현 미나미 나가사키)에 있었던 목조 아파트로, 후에 거장이 된 데즈카 오사무 등의 젊은 만화가들이 입주하거나 청춘 시절을 보내며 그림을 그린 곳. 현재는 해체되었으나 기념 모뉴먼트가 세워져 '만화의 성지' 중 하나로 여겨지는 곳이다.

리 데즈카 오사무를 발굴해 걸작《밀림의 왕자 레오》를 연재했기 때문이었죠. 게다가 투고작의 심사위원으로 데즈카의 이름이 실려 있었습니다. 전국의 만화소년들은 동경하고 있는 데즈카 선생님이 작품을 봐주었으면 좋겠다는 일념으로 열심히 투고했던 거죠.

거기에 후지코 후지오와 이시모리 쇼타로가 '만화통신부'의 단골 투고자가 되자, 투고자들의 경쟁심에 불이 붙어 지지 않겠다며 역작을 응모하게 된 겁니다. 투고작품에 원고료는 없었습니다(경품은 있었던 것 같지만요).

《만화소년》은 양심적인 편집방침이 자랑거리였습니다만, 모체인 학동사는 가토 겐이치가 고단샤에서 받은 퇴직금을 바탕으로 설립한 영세 출판사로 윤택한 자본은 없었습니다. 가토는 제2차 세계대전 전의 고단샤에서《구라마텐구》의 오사라기 지로,《미야모토 무사시》의 요시카와 에이지,《노라쿠로》의 다가와 스이호를 신인 때부터 키워온, 일본을 대표하는 명편집자입니다. 신인작가의 재능을 꿰뚫어보는 최고의 안력(眼力)을 가지고 있었죠.

가토는 데즈카의 재능과, 신인작가들이 데즈카를 신처럼 떠받들고 있다는 사실에 주목해서 투고란을 설치하고 신인 발굴에 힘을 쏟은 겁니다. 비록 상금은 없다 할지라도 우수한 작품이 그 잡지에 실리고 있고, 작품을 제대로 평가해줄 심사위원과 편집자가 있으면 재능은 모여드는 법입니다. 이것이 제가 말하는 '재능이 재능을 부르는 법칙'입니다.

또 아마추어 작가와 접촉하다 만화를 잘 그리는 사람을 한 명 발견했을 때, 그 사람의 교우관계를 더듬어보면 대부분은 같은 정도로 그림이나 만화를 잘 그리는 친구를 한두 명쯤은 발견할 수 있습니다. 이는 거의 예외가 없어서, 재능이 있는 사람에게는 비슷한 수준의 재능 있는 친구가 있는 법이라고 저는 생각합니다.

〈덴노마보〉에 신인 투고가 끊이지 않는 것은 일관되게 우수한 신인을 게재하고 있기 때문이라고 생각합니다. 작가가 '이 잡지에는 우수한 작품이 실린다', '이 잡지의 편집자에게는 작품을 보는 눈이 있다'고 생각하면 재능은 찾아오는 법입니다. 현재 〈덴노마보〉는 자매 사이트인 〈투고마보〉를 만들어 투고도 장려하고 있습니다. 투고작품은 제가 전부 훑어보고 있으며, 게재작에는 촌평을 덧붙이고 있죠. ★

〈좋은 할머니와 손녀의 이야기〉와의 만남

▷

　　　　　　　가토 가타 씨와 만난 것은 2013년 봄입니다. 다마미의 수업을 마친 후, 그녀가 "만화를 그리고 있는데 봐주시지 않을래요?" 하고 물어왔죠. 매해 몇 명씩 이런 학생을 만나왔습니다. 그녀는 다마미가 아니라 다른 미술대학에 다니고 있는데 매주 제 강의를 도강(盗講)하기 위해 오고 있다고 했습니다. 그리고 〈좋은 할머니와 손녀의 이야기〉의 오리지널판을 보여주었습니다. 〈좋은 할머니와 손녀의 이야기〉에는 현재 단행본 버전과는 다른 오리지널판(단편 버전)이 존재합니다. 스토리는 단행본의 1화와 거의 같지만 주인공과 등장인물의 캐릭터 디자인이 다릅니다.

　"처음 그린 만화예요." 이렇게 말하며 보여준 작품을 읽고 저는 깜짝 놀랐습니다. '식사'라는 일상적인 모티프를 통해 할머니와 손녀의 표면적으로는 평범하지만 내면에 숨겨진 갈등을 치밀하게 묘사하고 있었죠. 두 사람의 갈등이 심각한 국면에 이르면 손녀는 구토를 합니다. '순문학적'이라고도 할 수 있는 무거운 주제를 만화로 능란하게 처리한 가정극이었습니다.

대학교수로 있는 동안 이런 천재적인 학생을 몇 명 만날 수 있었습니다. 처녀작부터 완성도가 높은 작품을 그리는 사람도 몇 사람 알고 있었고요. '처음 만화를 그렸다'고는 해도 미대생이기에 그림과 일러스트는 일상적으로 그리는 사람들입니다. 만화가로서 문제가 되는 것은 그림과는 별개로 스토리를 이끌어가는 힘과 구성력인데, 이러한 것들을 전부 균형 있게 갖추고 있어야 비로소 그 작가를 '만화를 잘 그린다'고 평가할 수 있겠죠. 그림을 그릴 줄 안다고 해서 만화도 그릴 줄 아는 건 아니니까요.

그런 의미에서 가토 씨는 그림, 이야기, 구성의 삼박자를 모두 갖춘 이상적인 신인이었습니다. 이야기를 나눠보니 당시 그녀는 막 대학 4학년이 되었는데, 사실은 3학년 때 한 대형 출판사에 이 작품을 보여준 적이 있었다고 합니다.

작품은 상에 응모했으나 안타깝게도 선정되지 않아 그대로 반환되었습니다. 이 정도의 작품이 선정되지 않았다는 사실이 믿기지 않았지만 너무 문학적이어서 만화적 엔터테인먼트성이 부족하다고 판단했을 수도 있습니다.

앞서 '작가로서의 재능과 프로로서의 재능은 별개'라고 말했는데 편집자는 우선 한 신인에게서 작가로서의 능력을 확인하면 다음으로는 '함께 일할 수 있는지'를 확인하려 합니다. 프로로 활동하려면 작품의 완성도와는 별개로 마감을 지킬 수 있는지, 편집자의 의견을 듣고 작품에 반영할 수 있는지가 중요하기 때문이죠. 제아무리 천재적인 작가라 할지라도 편집자와 소통하지 못하고 마감을 지키지 못하면 함께 일할 수 없는 법입니다.

가토 씨의 첫 번째 도전은 실패로 끝났고, 그녀는 돌려받은 원고를 그대로 〈피쿠시브〉에 투고했습니다. 그때부터 재미있는 일이 벌어졌습니다. 〈피쿠시브〉에 투고한 지 한 달 만에 작품에 대한 액세스가 10만을 넘어선 거죠. 작품의 댓글란에는 젊은 독자들의 주인공에 대한 공감의 목소리, 할머니에 대한 동정의 목소리가 여럿 달렸습니다. 작품이 지나치게 문학적이어서 젊은 독자들의 공감은 얻을 수 없다고 처음의 편집자가 생각했던 것이라면, 커다란 착각을 한 셈입니다.

그 편집자가 가토 씨에게 급히 연락해서 '연재를 전제로 이야기해보지 않겠느냐'고 했답니다. 하지만 그 시점에 가토 씨는 구직활동에 성공해 입사가 내정되어 있었죠. 가토 씨는 편집자의 제안을 깨끗하게 거절하고 취직을 선택했습니다. 프로 데뷔를 일단 포기한 가토 씨였으나, 만화를 그리는 일 자체까지 그만두지는 않았습니다.

저는 가토 씨에게 작품의 감상을 이야기하고 '이 작품은 아직 완결되지 않았다. 이 할머니와 손녀의 관계가 어떤 결론에 이를지, 그 이야기를 꼭 읽어보고 싶다'고 말했습니다. 그녀는 동의해주었고, 이렇게 해서 〈덴노마보〉에 〈좋은 할머니와 손녀의 이야기〉를 완결까지 연재하게 된 것입니다.

당시 가토 씨는 대학 졸업을 앞두고 있었으며, 졸업 후 바로 취직했기 때문에 마지막까지 완성하는 데 햇수로 3년이나 걸렸습니다.

심혈을 기울인 작품을 사회생활을 하며 완성시킨 근성은 참으로 대단하다고 생각합니다. 시간을 들여 그린 덕분인지 회를 거듭할수록 그림 실력이 확연히 좋아지고 치밀해져간다는 사실을 알 수 있었죠.

결말은 충격적이었습니다. 치매에 걸린 할머니와 성장한 손녀 사이에서 일어난, 전율할 만한 기적이 만화로 훌륭하게 묘사되어 있었습니다. 2016년 2월에 최종회를 게재했는데 〈덴노마보〉를 시작한 이래 최고의 페이지뷰 숫자와 반향이 밀려들었습니다. 당시에는 이미 몇몇 만화 앱과 사이트에도 〈좋은 할머니와 손녀의 이야기〉를 게재했었는데 그들의 페이지뷰 수를 전부 합치면 2천만 회가 넘습니다.

그로부터 사흘 사이에 다섯 군데 출판사로부터 제안이 왔고, 아마도 만화계에서는 전대미문의 경합이 벌어져 최종적으로 종이책은 쇼가쿠칸크리에이티브, 전자책은 후타바샤에서 출판하기로 결정되었죠.

가토 가타라는 재능을 만났고, 또 〈좋은 할머니와 손녀의 이야기〉를 세상에 내놓음으로써 〈텐노마보〉의 회사로서의 방침도 결정되었습니다. 무료 미디어로서의 〈텐노마보〉를 운영하는 한편, 모여든 작가와 작품 에이전트 계약을 맺어 작품의 2차 사용에 관한 비즈니스를 총괄해서 작가와 〈텐노마보〉 양쪽이 이익을 얻는 비스니스모델을 확정했죠. ▶

회사원은 못해도 사장이라면 할 수 있다

◯

　　　　　여기까지 쓰고 나니 '평범한 방식으로는 일하지 못하는 얼간이 같은 사람이 세상의 규칙에서 벗어나 살아가려면 어떻게 해야 하나' 하는 문제를 실제 경험을 바탕으로 들려드린 책이라 정의할 수 있을 것 같습니다.

　그런 제가 회사를 만들었으니 정말 제정신이 아니라고 스스로도 생각하고 있습니다. 하지만 제 입장에서 보자면 프리랜서의 연장선상에 회사가 있었던 겁니다. 단, 사원으로서가 아니라 창업가로서 말이죠.

　저는 오랜 세월 프리랜서로 혼자 일해왔습니다만, 혼자서 하는 일이기에 '한계'도 늘 느끼고 있었습니다. 그래서 일정 규모의 일을 계속하기 위해서는 '언젠가 나만의 회사를 가질 수밖에 없다'고 생각해왔죠.

　기업의 창업 사장, 특히 독불장군 사장이라 불리는 사람 중에는 발달장애라 여겨지는 사람들이 많습니다. 제가 아는 어떤 회사의 사장은 회의가 있을 때마다 걸핏하면 흥분해서 사원들에게 재떨이를 던진다고 합니다. 덕분에 그 회사는 사장의 성격을 하나에서부터 열까지 잘 알고 있는 베테랑 사원이 아니면 전부 반년에서 1년 안에 그만둡니다. 그런데 어떤 이유에서인지 그런 회사가 주력 분야에서는 업계 1위의 성적을 올리고 있죠.

학생 시절에 페이스북을 만들어 창업해서 지금은 세계적인 IT기업으로 성장시킨 마크 저커버그는 천재적인 프로그래머지만, 다른 사람이 그를 좋아하는 경우보다는 싫어하는 경우가 압도적으로 많아서 발달장애인처럼 보입니다(〈소셜 네트워크〉라는 저커버그의 전기 영화를 보면, 다른 사람의 말에는 전혀 귀를 기울이지 않는 오타쿠 같은 사람으로 묘사되어 있고, 주변 사람으로부터 미움을 받는 에피소드들로 가득하죠).

애플을 창업한 스티브 잡스도 역시 천재적인 아이디어맨인 반면, 독불장군도 그런 독불장군이 없어서 100% 자신이 생각한 대로 제품이 완성되지 않으면 화를 냈고, 사소한 일로 사원을 줄줄이 자르는 등 발달장애를 떠올리게 하는 에피소드들이 얼마든지 있습니다. 잡스는 너무나도 기이한 성격 때문에 경영을 위탁했던 세 번째 CEO 존 스컬리가 주도한 중역회의의 만장일치 결정으로 애플에서 쫓겨나기까지 했습니다. 그러나 잡스가 추방당한 이후 애플은 실적 부진에 빠져 CEO를 두 번이나 바꿔본 다음 결국은 잡스를 회사로 다시 부를 수밖에 없었죠. 누구도 잡스와 같은 카리스마를 보여주지 못했으며 천재적인 아이디어를 내놓지도 못했기 때문입니다.

애플의 새로운 CEO로 옛 둥지에 되돌아온 잡스는 불필요한 사원을 정리하고 사내 인사를 일신했으며, 물 만난 고기처럼 iMac과 iPod, 그리고 iPhone 등 기존에 없던 새로운 제품을 차례로 고안해냈습니다. 그것들이 전부 세계적으로 커다란 인기를 끄는 상품이 되어 단번에 회사를 다시 일으켜세웠죠. 제아무리 인격에 문제가 있다 해도, 잡스 없이는 애플도 없는 겁니다.

발달장애인은 남의 밑에서 일하는 회사원으로는 부적합하지만 참신한 아이디어를 가진 사람이 많은데, 그런 경우라면 사장은 할 수 있을 거라고 생각합니다. 회사원에는 적합하지 않다고 스스로 느낀다면, 창업을 한번 고려해보는 건 어떨까요? ●

맺으면서

**이 책의 집필에
시간이
걸린 이유**

한 얼간이의 험한 세상 살아내기

          이 책을 집필하는 데는 3년이라는 시간이 걸렸습니다. 늦어진 이유는 집필을 하던 중에 덴노마보 합동회사를 창업했기 때문입니다.

사실 저는 창업하기 전에 이 책을 완성할 생각이었습니다. 이 책에서도 거듭 얘기했지만 제 성격상 '두 가지 중요한 일이 겹치면 어느 한쪽의 일이 지체되고, 최악의 경우에는 양쪽 모두 지체되어 일을 하지 못하게 될 것'이 뻔했기 때문이죠.

결과적으로 회사는 우수한 공동사원 덕분에 그럭저럭 움직이고 있으나 저 혼자서 쓸 수밖에 없는 이 책은 저의 '지체 패턴'에 멋지게 빠져버리고 말았습니다.

이런 제 성격은 아무래도 프리랜서가 되기 이전부터의 타고난 성격인 듯, 나이 들면서 더욱 심해질 뿐입니다. 이런 제가 부족하나마 일(프리라이터)을 해올 수 있었던 것은 오로지 우수한 담당 편집자의 적절한 지시(마감 설정과 재촉)와 인내심 덕분이었다고 할 수 있습니다. 앞서도 이야기한 것처럼 저는 2014년에 정신과 진찰에서 '경도발달장애' 진단을 받았고(그 후 소개받은 발달장애 전문의로부터 ADHD라고 확진받았습니다), 대학교수직을 그만두기로 한 것도 '대학 근무와 회사 경영을 함께 하기는 어렵다'고 스스로 판단했기 때문입니다. 대학에서 가르치며 자신의 회사를 경영하는 사람들도 꽤 많지만, 제게는 불가능한 일인 거죠.

이런 못돼먹은 성격을 저는 스스로 웃음거리로 삼아왔습니다. 그러나 저와 함께 일해본 사람들에게는 결코 웃음거리만은 아니었겠죠. 그러면서도 프리랜서로 잘도 살아왔다고 생각하는 독자들도 계실지 모르겠습니다. 하지만 '저와 같은 얼간이는 회사원에 가장 부적합'하기 때문에 취직을 한 번도 생각하지 않고 프리랜서의 길로 들어선 것입니다. 프리랜서로 출판의 길에 들어서지 않았다면 저는 노숙자나 범죄자가 되는 것 외에 삶의 방법을 찾지 못했을 겁니다.

이 책은 '글러먹은 사람을 위한 프리랜서 입문'으로 기획했습니다. 물론 처음에는 좀 더 제대로 된 '입문서'를 쓸 계획도 있었습니다만, 막상 글에 손을 대고 나니 '나는 왜 프리랜서가 되었을까?'를 생각하지 않을 수 없었죠. 결국 이 책을 평범한 입문서로 마무리지을 수 없게 되었습니다.

저는 가능한 한 솔직하게 제가 학교를 그만두고 갑자기 프리라이터로 업계에 들어서게 된 경위와 그 후의 인생에 대해서 이야기하기로 마음먹었습니다. 최종적인 결론으로 저는 프리랜서 인생의 총괄을 '창업'으로 마무리짓기로 했고요. 아무래도 회사에는 들어갈 수 없었던 사람이 최종적으로 도달한 곳으로서의 창업 사장. 남 밑에서 일하기 힘든 사람이 어떤 경로를 거쳐서 남을 고용하는 입장이 되었는지 이야기하고 싶었어요. 이 책 자체를, 제 인생을 바탕으로 얼간이의 사례, 얼간이가 세상을 헤쳐 나가는 케이스스터디로 만들려고 한 거죠.

따라서 프리랜서를 꿈꾸고 있는 사람들에게는 얼마간 파격적인 책이 되었을지도 모르겠습니다. 예를 들어서 일반적인 프리랜서에게 녹색신고 등에 대한 세무지식은 필수적인 것이지만 얼간이 인간은 영수증을 정리해서 신고서를 작성하는 시점에 이미, 남극점을 목표로 하는 것만큼이나 높은 장애물을 느끼게 됩니다. 영수증을 받는 것까지는 할 수 있지만 그것을 깔끔하게 정리하는 것은 저와 같은 인간에게는 별세계의 일입니다. 그 때문에 저는 지금까지 백색신고밖에 한 적이 없고, 그 백색신고조차 시효인 5년 동안 질질 끌다가 상자에 처박아둔 채 정리하지 않은 영수증을 앞에 놓고 어떻게 해야 할지 몰라 포기하고 마는 형편이었죠. 하지만 저와 마찬가지로 성인 발달장애에 시달리고 있을 적지 않은 사람들에게 '이런 삶도 있다'고 길을 제시할 수 있다면 이 책에도 가치가 있을지 모르겠습니다.

이 책은 제가 트위터에 공개한 '자유업과 나이'를 주제로 한 일련의 글들이 계기가 되어 쓰게 되었습니다. "'서브컬처에 종사하는 사람은 마흔이 넘으면 우울해진다'는 말은 정확하지 않다. '프리랜서는 마흔이 넘으면 우울해진다'가 정확한 말이라고 생각한다. 그때쯤부터 점점 일이 줄어들기 때문인데, 어째서 줄어드는가 하면 일을 발주해주는 사원 편집자가 점점 자신보다 나이 어린 사람이 되어가기 때문이다"로 시작한 트위터의 연재 글에 저널리스트인 쓰다 다이스케 씨가 반응한 것을 시작으로 나카모리 아키오, 요시다 고, 오키테 포르셰 등과 같은 서브컬처 업계의 동업자들이 차례차례로 반응해주어서 커다란 반향을 일으켰고, 고맙게도 다이아몬드사로부터 출간에 대한 제의를 받았습니다.

참고로 '서브컬처에 종사하는 사람은 마흔이 넘으면 우울해진다'는 것은 요시다 고 씨의 저작 《서브컬처 슈퍼스타 우울증 전기》(2014)의 주제로 이를 제 나름대로 정리하자면 '일을 의뢰하는 사원 편집자의 나이가 어려져서 일이 줄어들기 때문'이 되는데, 그것을 트위터에 글로 남긴 거였죠. 여기까지는 일이 거침없이 진행되었으나, 이 책의 골격은 이미 세워진 것이나 다를 바 없다며 아마도 안심하고 제게 의뢰했을 다이아몬드사는 너무나도 늦은 저의 원고에 틀림없이 당황했을 것입니다.

이 책은 다이아몬드사 야마시타 사토루 씨의 부처님과도 같은 인내력으로 완성할 수 있었다고 해도 과언이 아닙니다. 저의 35년 친구이자 공동사원으로 함께 덴노마보 합동회사를 창업한 편집자 오가타 가쓰히로가 편집 보조로 도와주었는데, 그의 '쏟아지는 빗발'과도 같은 가차 없는 재촉 덕분에 위험하게 흔들리던 배도 간신히 바다를 건널 수 있었습니다.

두 분께 감사의 말씀을 올리는 것은 물론, 이 책에서의 인터뷰를 흔쾌히 승낙해주신 프리랜서 여러분께도 감사를 드립니다. 이 책의 집필을 마친 지금, 저는 눈을 지그시 감고 가슴에 손을 얹은 채 '내가 어쩌다 프리라이터 같은 게 되어버렸을까!' 한숨을 내쉴 수밖에 없습니다. ◆

벽에 부닥치고 말았습니다

1판 1쇄 발행 2020년 4월 27일

지은이 다케쿠마 겐타로
옮긴이 박현석
펴낸이 윤혜준
편집장 구본근

펴낸곳   도서출판 폭스코너
출판등록   제2015-000059호(2015년 3월 11일)
주소   서울시 마포구 월드컵북로 400 문화콘텐츠센터 5층 15호(우 03925)
전화   02-3291-3397
팩스   02-3291-3338
이메일   foxcorner15@naver.com
페이스북   www.facebook.com/foxcorner15
인스타그램 www.instagram.com/foxcorner15

디자인 오필민디자인
종이 일문지업(주) 인쇄 수이북스 제본 국일문화사

한국어 출판권ⓒ도서출판 폭스코너, 2020

ISBN 979-11-87514-40-4   03830